LA POLITIQUE

ET

LE CŒUR

DU MÊME AUTEUR :

Nelly des Alouettes (ouvr. couronné) 1 vol.   **3** » »
La Maison blanche. 1 vol. Douniol . . . **1 50**
Une visite à N.-D. de bon secours. Rouen.   » **75**

SAINT-QUENTIN. — IMPRIMERIE JULES MOUREAU.

LA

POLITIQUE

ET

LE COEUR

PAR

CÉLINE MALRAISON DE RULINS

PARIS

LIBRAIRIE ACADÉMIQUE

DIDIER ET Cie, LIBRAIRES-ÉDITEURS

35, QUAI DES GRANDS-AUGUSTINS

—

1881

LA

POLITIQUE ET LE CŒUR

I

Le 23 mai 1871, tandis que midi sonnait à toutes les horloges de Paris, et que d'instant en instant une décharge ou une fusillade frappait de la même mort soldats et fédérés, un jeune homme heurtait avec une certaine brusquerie à la porte d'un appartement au cinquième étage de la rue du faubourg Poissonnière.

— Ces dames sont-elles là? demanda-t-il à la domestique qui vint lui ouvrir.

— Elles attendent Monsieur depuis bien des jours...

— Ah! vraiment! Le déjeuner est-il prêt? J'ai grand'faim.

En disant ces mots, il entra dans la salle à manger où étaient sa mère et ses sœurs. Aussitôt que les trois femmes l'aperçurent, elles quittèrent la fenêtre, à travers laquelle, depuis le matin, leurs yeux fatigués par l'insomnie interrogeaient la rue déserte, et vinrent en silence, s'asseoir à la table où l'on gardait toujours une place pour l'absent.

— Quel appétit je vous apporte! dit Henri Olivier d'une voix légèrement tremblante, malgré l'air dégagé qu'il essayait de prendre, ce serait à croire que je n'ai pas dîné hier...

Mais, d'abord, il faut que vous sachiez que Versailles avance, et dame!... Aussi, je crois prudent de faire des cendres avec ces oripeaux, continuat-il, en jetant dans la cheminée quelques bouts de galon doré qu'il venait de tirer de sa poche... Tiens, Hélène, brûle ceci.

La jeune fille se leva immédiatement et mit au feu ces insignes révélateurs qui, à un moment donné, pouvaient être si compromettants, tandis que sa sœur Berthe enlevait avec soin, de dessus les manches du fédéré, les fils jaunes qui en eussent trahi la présence.

La tête appuyée sur sa main, Mme Olivier pleurait. A travers les larmes qui voilaient son regard,

ses yeux avaient une expression sévère et pleine
de douleur. La pauvre femme, que son fils blessait,
sans doute, dans ses convictions les plus profondes et les plus chères, ne faisait pas un geste, ne
prononçait pas une syllabe.

— Ma bonne mère, je t'en conjure, ne pleure
point ainsi, tu me fais un mal affreux, reprit avec
une impatience pleine de tendresse, le jeune
homme, qui ne supportait, pas sans souffrir, le
silence accusateur de tout ce monde aimé. Ne
faut-il pas des réformes et des victimes pour
asseoir les lois nouvelles? La sainte cause de la
liberté est compromise, perdue même, grâce à
une poignée d'imbéciles qui, au mépris de la raison et de l'humanité, ont outrepassé les bornes
qu'on leur avait assignées... Là est tout le mal...
Il faut maintenant s'attendre à une revanche terrible, et les vainqueurs seront dans leur droit, le
droit du plus fort... Après tout, qu'ils s'arrangent ;
oublions un instant ces tristesses et déjeunons. Je
demeure avec vous au moins jusqu'à demain, et
d'autant plus facilement que, là-bas, on me croit
bien loin de Paris, chargé d'une mission ou quelque chose d'approchant.

Sur ces derniers mots, Henri passa les débris

d'un pâté, auquel ces dames ne touchèrent pas ; lui-même oublia de se servir, et au bout d'un quart d'heure, chacun quittait la table, sans avoir pris la moindre nourriture.

Bientôt le bruit de rumeurs lointaines, annonçant une recrudescence de lutte, ramena près de la fenêtre, la famille anxieuse : Le ciel prit, à ce moment, une teinte étrange.

Quelques officiers de l'armée de Versailles, à la tête d'une petite troupe de soldats dévoués, glissaient doucement le long des magasins fermés de la rue du Faubourg-Poissonnière.

Mme Olivier regarda son fils, il lui parut d'une effrayante pâleur. La vue de l'armée régulière produisait chez lui une commotion qui n'échappa point à sa mère, et dans son amour, elle vit son fils perdu.

. — Henri, fit-elle, d'une voix brisée, les maîtres de demain appelleront à leur tribunal les maîtres d'hier, n'est-ce pas ? Ils les jugeront et les condamneront.

— C'est possible, ma mère. Cependant, je ne crains rien, j'ai fait mon devoir. Obéissant et convaincu, je me suis incliné devant les ordres de mes chefs ; ils pensaient pour moi, j'agissais pour

eux. Maintenant que ces pouvoirs d'un jour s'é-
croulent, je me retire ; non pas par lâcheté, mais
parce que je commence à croire que l'heure des
grandes réformes n'a point encore sonné... Et
comme, à mes doigts vierges de sang, il n'est pas
resté une seule parcelle des millions de la France,
encore une fois, je ne crains rien.

Un long et douloureux soupir s'échappa de la
poitrine de la pauvre veuve. Elle eût pu combattre
ces arguments sans valeur, par des arguments
sérieux ; lui rappeler son autorité méconnue, les
supplications et les larmes dont il n'avait pas tenu
compte ; mais, pensa-t-elle en son cœur, Henri
n'a commis d'autre faute que celle de croire à la
bonne foi des hommes qui le trompaient, il est
donc assez malheureux pour qu'en ce triste moment je ne l'accable pas davantage.

Alors, admirable d'indulgence comme le sont les
mères, Mme Olivier se tut.

Appuyées l'une sur l'autre, Hélène et Berthe
tressaillaient à toutes les décharges, et comptant
du regard les soldats de l'ordre qui continuaient
à passer, les jeunes filles se demandaient si elles
devaient se réjouir ou se désoler.

Depuis le commencement de la Commune, Henri Olivier occupait une position quelconque au ministère des travaux publics; position indéfinie que les délégués du peuple souverain n'avaient point encore qualifiée.

Sa famille, quoique profondément affligée d'apprendre qu'il embrassait une cause que non seulement elle regardait comme odieuse dans le fond et dans la forme, mais encore qui minait à sa base des espérances appuyées sur les plus saines doctrines, sa famille n'avait plus de pouvoir sur ce cœur de vingt-cinq ans, que l'imagination égarait.

Nature ardente, ambitieuse et fière, le jeune homme ne voulut donc rien écouter des siens, et crut tout des autres; refusa de compter les stigmates sanglants qui marquaient l'aurore que lui aussi, saluait d'un cri de liberté, et sans respect pour les terreurs raisonnées de sa mère, les croyances si pures de ses sœurs, Henri alla se mêler à ce monde sans aveu qui fit plus de mal aux Français, que l'ennemi n'en avait fait à la France.

Cependant, son enthousiasme avait parfois des défaillances. Lorsque, malgré l'épaisseur des murailles et le nombre des portes derrière lesquelles se trouvait son bureau, il entendait hurler une foule avinée demandant la vie des uns et le toit des autres, il tressaillait. Puis, dans son esprit troublé, passaient le souvenir de son père et les douces images des chères femmes qui sur lui pleu- raient. Alors, il ne fallait rien moins que la vue de ces soi-disant patriotes du moment pour lui faire oublier ces visions, qu'Henri qualifiait d'amolis- santes et que, du reste, il fuyait avec colère sitôt qu'il en sentait l'effet.

Mais, revenu sous le toit maternel, ces défail- lances prirent de plus larges proportions. Lui qui, le 18 mars, avait trouvé naturel que l'insurrec- tion victorieuse s'emparât de tous les pouvoirs; lui qui regardait, comme des victimes nécessaires, Lecomte et Clément Thomas; lui qui passait in- différent sous les murs de la Roquette, où d'inno- cents otages attendaient la mort; lui enfin qui, après avoir fermé les oreilles pour ne rien enten- dre et les yeux pour ne rien voir, voulait bien tout ce que voulait cette horde inassouvie de car- nage et d'ivresse, se prit à regretter : ce qu'il y avait d'honnêteté au fond de ce cœur, plutôt am- bitieux que méchant, remontait à la surface.

Il commença par déplorer ces terribles incen-

dies qui, pendant plusieurs jours, firent de l'ancienne Lutèce une nouvelle Sodome; puis il eut
un mouvement d'indicible pitié en comptant les
martyrs des 24, 25 et 26 mai, et quand notre vail-
lante armée fut maîtresse de Paris, le fédéré de la
veille admira le dévouement et le courage de ces
soldats.

Henri s'était, par le fait, constitué prisonnier
chez sa mère, et suivait en pensée ce drame de
feu et de sang, qui devait faire de la Commune
agonisante, la plus lugubre page de notre histoire
contemporaine. Rêvant à sa patrie humiliée, à
son pays divisé, le jeune homme cherchait quelque chose de possible au fond de cette grande
erreur, qu'en principe il voulait excuser encore,
ne condamnant que sa forme brutale. Mais, après
avoir longtemps médité sur ces mots ronflants et
creux, cymbales retentissantes rendant mille sons
faux, il ne trouva que les passions et le néant.
Alors, faisant un sérieux retour sur lui-même,
l'honneur reprenait le dessus, et Henri voyait
comme à la lueur incertaine d'une torche fumante,
éclairant l'affreux dédale des lois mort-nées, sa
jeunesse marquée du sceau de la révolte.

Sous l'impression douloureuse d'une terreur

permanente qu'il tentait, mais en vain, de cacher à sa mère, et dont il ne parlait qu'à ses sœurs, le jeune homme ne vivait plus. Quand il apprenait ces exécutions sans jugement; ces arrestations nombreuses, conséquences inévitables des horreurs commises, le pauvre garçon songeait en frémissant que son tour viendrait peut-être ; qu'on l'interrogerait sur sa présence au ministère à une époque où ceux qui disposaient des positions, avaient usurpé le droit de les donner. Et que dirait-il?

*
* *

Longtemps obscurci par la fumée de la poudre et par les vapeurs épaisses s'échappant des murs de Paris incendié, le ciel avait repris son azur, et comme si les plaies profondes que venaient de lui faire le Siége et la Commune étaient déjà cicatrisées, chacun allait et venait dans la grande ville ; les uns pour leurs affaires, les autres pour chercher une distraction.

Paris souriait donc au soleil de juin, cachant ses blessures sous les fleurs lui arrivant nombreuses de tous les pays; et ceux qui n'étaient qu'indirectement intéressés à suivre les péripéties

1.

judiciaires, conséquences inévitables des drames de la Commune, n'y arrêtaient qu'accidentellement leur esprit. De là, un calme apparent qui reposait un peu, après tant de fatigues, de souffrances et de luttes.

Mais, au milieu de cette indifférence, plutôt feinte que réelle, étaient des familles cruellement éprouvées. Pour dérober à la vindicte des lois un père, un époux, un fils, elles s'ensevelissaient dans l'ombre et le silence. Chacun de ses membres, complice du même dévouement, retenait pour ainsi dire son souffle afin de n'être point entendu, supportant en commun la faute d'un seul. Sublimes dans leurs multiples sacrifices, ils ne croyaient pas payer trop cher l'espérance de sauver celui que son erreur semblait leur faire aimer davantage.

De ce nombre était la famille Olivier.

Après avoir épuisé d'abord toutes les ressources de la persuasion et de la prière ; après avoir passé par les plus terribles angoisses, la mère d'Henri lui pardonna.

Ce qu'elle voulait, à l'heure présente, c'était qu'il pût échapper à cette enquête minutieuse dont quelques amis dévoués lui apportaient chaque jour les résultats. Mais, hélas ! comment l'espérer ? N'avait-on pas vu son fils au ministère, répondant à celui-ci, parlant à celui-là ? Pourquoi serait-il plus épargné que les autres ?

Et aux journées fiévreuses succédaient les nuits délirantes. La pauvre veuve, croyant au moindre bruit qu'on venait lui arracher son enfant, appelait alors son fils qu'elle couvrait de baisers et de larmes. Ces scènes qui se renouvelaient souvent, rendaient Henri presque fou, et faisaient à ses sœurs une de ces vies impossibles, dont, tôt ou tard, les jeunes filles auraient à supporter les pénibles conséquences.

Dans ce milieu, naguère si heureux, l'existence devenait pour tous un martyre. A cette grande question d'une enquête probable, s'en joignait une autre dont on ne parlait pas, mais qui, pour ces âmes vraiment droites, était bien la plus cruelle : la question de l'honneur.

Que serait donc l'avenir pour ce frère tant aimé, si, appelé au prétoire, il s'entendait condamner, ne fût-ce que pour un jour ? Et où sa mère, où ses sœurs iraient-elles alors cacher une de ces hontes qui du coupable s'étendent à l'innocent ?

La famille Olivier souffrait de l'incertitude,

plus encore, peut-être, qu'elle eût souffert de la réalité.

L'attente, pour ne point avoir sa note désignée dans la gamme douloureuse, n'en est pas moins une torture. Elle avait revêtu, à leurs yeux, toutes les formes, et l'épuisement moral des trois femmes était arrivé à sa limite dernière. Henri, les voyant mourir, se disait qu'il ne leur survivrait point...

— Votre fils ne peut plus demeurer davantage ainsi séquestré dans cet étroit espace, dit un jour, avec une brusquerie pleine d'affection, un vieux militaire retraité, le capitaine Vincent, ami de Mᵐᵉ Olivier. Laissez-le donc venir chez moi. Je n'ai pas l'intention de le livrer, que diable! Comment voulez-vous que ce grand corps qui n'a ici ni la place de marcher ni celle de respirer, ne tombe pas malade...

— Mais s'il sort?

— Eh bien! s'il sort, il sortira. Je me charge de lui. Allons Henri, mon garçon, en route. Prends une chemise, une paire de bas, comme le conscrit de Corbeil, et filons.

— Jamais, capitaine, je ne veux pas quitter ma mère.

— C'est bon, quitte toujours, tu reviendras à

la fin de la semaine. Il faut absolument que tu humes un peu d'oxygène, autrement je ne réponds point de toi.

— N'insistez pas, je vous prie, mon vieil ami, ma place est ici, et non ailleurs.

— Il est regrettable que tu n'aies pas toujours pensé ainsi...

— Vous êtes cruel, capitaine.

— Non, mais je tiens à te faire comprendre la valeur de mes paroles. — Et, se penchant à l'oreille du jeune homme : — Malheureux, dans une heure tu seras arrêté.

Henri se tut, mais sentit un froid mortel glacer le sang de ses veines et un voile descendre devant ses yeux ; Il était blême.

— Tu as assez bonne mine pour qu'il te soit permis de faire des façons, continua le vieillard. Une fois, deux fois, trois fois, viens-tu ?

— Va, frère, dit Hélène qui, sans l'entendre, avait deviné l'aparté, notre ami le veut, il faut bien lui obéir. N'est-ce pas, chère mère ? N'est-ce pas Berthe ?

Mme Olivier, affaissée par la douleur, ne répondit qu'un oui si faible, qu'en temps ordinaire il n'aurait pu passer pour un acquiescement; mais la position était trop grave pour qu'on ne prît pas la réponse au pied de la lettre.

— Je vais lui faire un petit paquet des choses les plus indispensables, dit vivement la jeune fille interpellée une minute auparavant et qui, elle aussi, avait tout compris. Il pourra le porter dans sa poche et ce ne sera pas lourd.

En prononçant ces dernières paroles, sa voix s'éteignit dans un sanglot que sa mère n'entendit pas, car les deux sœurs quittèrent immédiatement le salon.

Une fois seule dans la petite chambre où elles avaient déjà tant prié, tant pleuré, Hélène et Berthe se jetèrent dans les bras l'une de l'autre sans prononcer un seul mot.

Du reste, qu'auraient-elles pu se dire, les pauvres filles? Elles savaient tout et ne savaient rien. Il fallait se séparer de leur frère; mais ignorant le degré du danger qui le menaçait, elles demeuraient incertaines sur le motif réel de son absence. Leur vieil ami était-il sincère, en parlant de l'emmener chez lui, ou bien Henri devait-il aller plus loin, quitter la France?... Peut-être!

Combien Hélène et Berthe souffraient!

Cependant, l'amour profond que les jeunes filles

avaient pour leur mère les rendit courageuses, et elles revinrent au salon presques souriantes, apportant quelques effets soigneusement roulés dans une mince courroie.

— Pars vite, cher frère, dit Hélène. Le ciel se couvre de nuages et notre bon ami demeure loin. S'il allait être mouillé par ta faute, nous en serions désolées.

— C'est donc bien vrai, il m'abandonne ! murmura Mme Olivier, en regardant son fils anéanti et le vieillard impatient.

— Mais, pauvre femme, faut-il que je vous le répète, s'il demeure plus longtemps ici, je ne réponds pas de lui.....

— Il reviendra à la fin de la semaine, n'est-ce pas?

— C'est entendu, allons, qu'on s'embrasse et au revoir !

En prononçant ses dernières paroles, le capitaine ouvrit la porte et fit passer devant lui le jeune homme qui descendit l'escalier sans se retourner, absolument comme si mû par un ressort, il ne devait s'arrêter qu'à la dernière marche.

En bas, une voiture les attendait. Ils y montèrent l'un et l'autre.

— Route de Fontainebleau, 21, jeta au cocher la voix brève du vieillard. Allez bon pas, nous sommes en retard, je double la course.

Le fiacre se mit à rouler.

— A nous deux, maintenant, mon pauvre ami. Ton nom est sur la liste des fédérés. Des ordres sont donnés, on doit t'arrêter. Ce n'est pas toi seulement qu'il faut sauver, c'est aussi ta mère, que cet événement tuerait. Il n'y va pas de ta vie, j'en suis convaincu; mais, comme en ce moment, on ne ménage personne, personne, et on a de bonnes raisons pour cela, il est donc prudent que tu ailles faire un petit voyage quelconque, en Suisse, par exemple. Arrivé chez moi, tu trouveras des vêtements de rechange, un passeport au nom de Morin et de l'argent. Tu n'as que le temps de t'habiller et de partir. Tu es artiste, tu cours après les points de vue, et à la grâce de Dieu!

Le jeune homme balbutia d'abord quelques phrases sans suite, dans lesquelles les mots de reconnaissance et de regret revenaient souvent. Puis, une surexcitation très grande s'empara de lui. Il voulait retourner chez sa mère, y attendre son arrestation, et devant ses juges prouver son innocence, etc., des absurdités, enfin.

— Tais-toi, Henri, tu me fais pitié, mon garçon.
Si tu étais sans famille, je te dirais : « Comme tu
voudras, » mais il me semble que les saintes
femmes ont déjà assez souffert par toi, et si je
puis leur épargner le coup de grâce....

A ce moment, la voiture s'arrêta. On était à
destination.

. . . .

Une demi-heure plus tard, un jeune homme
imberbe, aux cheveux coupés courts, vêtu de
toile et portant sous le bras un carton à dessin,
prenait un billet de troisième classe au guichet
de la gare de Lyon, et le capitaine retournait rue
du Faubourg Poissonnière, apprendre à Mme Olivier qu'il venait de sauver son fils.

II

Henri, car nous l'avons bien reconnu, malgré
son travestissement, alla sans s'arrêter, pour
ainsi dire, jusqu'à Montbéliard. Personne ne soup-

çonna le fédéré sous les vêtements de l'artiste.
De là, il se rendit à Delle, c'est-à-dire à deux pas
de la Suisse, cette prison dans laquelle, par
amour pour les siens, il lui fallait volontairement
entrer.

Mais, ne pouvant pas se décider encore à franchir la frontière, qui lui apparaissait comme
liserée de noir, il marcha pendant plusieurs
heures, sans demander où ses pas le conduiraient.
Vers la chute du jour, le jeune homme aperçut
des casques prussiens.

A cette vue, il s'enfuit. L'idée que l'ennemi
était à deux pas de lui l'exaspérait, comme la
pensée de son exil le torturait. Pour la centième
fois, depuis son départ, il voulait rentrer à Paris,
aimant mieux être sous les verrous en France que
libre à l'étranger.....

Mais sa mère, mais ses sœurs!...

Alors, faisant un violent effort sur lui-même,
il se rapprochait des confins, puis, découragé,
s'éloignait pour se rapprocher encore et s'éloigner de nouveau.

— La nuit est tout à fait descendue, se dit-il,
qui viendrait me chercher ici? Dormons sur la

terre de France pour la dernière fois peut-être ; demain je serai plus courageux.

Et il s'étendit sur le gazon.

Le soleil apparaissait à peine, quand Henri se leva. Triste, mais résigné à son sacrifice, il reprit le chemin de la frontière.

Au moment où le proscrit arrivait au pied d'une petite colline, il rencontra un jeune berger qui, après l'avoir salué, se mit à fredonner la *Marseillaise*, tout en se faisant un sifflet avec une baguette de saule.

Ce chant, rappelant à Henri ses rêves de liberté, lui monta au cerveau, ainsi que l'eût fait un vin capiteux. Sous l'empire de cette surexcitation, et sans tenir compte du danger qui le menaçait, il entonna les dernières strophes de l'hymne, de Rouget de Lisle.

Il allait ainsi, la tête haute et semblait défier le sort. Les échos endormis se réveillant au son de sa voix vibrante, répétèrent ce chant plein de passion.

Mais, à un moment donné, Henri eut peur et de sa voix et de l'écho. Le jeune homme sentit qu'il devenait insensé, et imprimant à sa marche, depuis quelques instants ralentie, une allure plus

vive, baissant les yeux pour ne plus voir que le
chemin, il franchit la frontière en murmurant le
mot : Adieu !

Combien de lieues fit-il ainsi sans se retourner ?
Le pauvre garçon ne les a certes pas comptées.
Il allait devant lui, regardant sans voir, les vallées,
les coteaux et les rivières. Quelques jolies filles
aux bras nus, aux cheveux flottants sur la broderie de leur corsage, attirées par le bruit de ses
pas et celui du bâton ferré avec lequel il tentait
de briser les cailloux de la route, sortaient des
chalets et l'examinaient curieusement. Henri ne
les apercevait même pas, il pensait à sa mère, à
ses sœurs, à la France, ne voulant rien admirer,
rien entendre dans le pays qu'il avait juré de ne
jamais aimer.

Cependant, vers le soir, au moment où exténué
de fatigue et tourmenté par la faim, il frappait à
la porte d'une modeste auberge située entre l'im-
portante usine de Belles-Fontaines et la petite
ville de Saint-Ursanne, son attention fut attirée
par un air vibrant dans le lointain d'abord, et
qui, en se rapprochant, devenait plus distinct. Il
écouta et reconnut ce chant pastoral si cher aux
habitants de la Suisse : *le Ranz des Vaches.* — Sin-

gulière ironie du destin, pensa-t-il en son cœur
ulcéré, les chants patriotiques me poursuivent...
Amère dérision, puisque je n'ai plus de patrie !

— Que faire maintenant? se demanda Henri,
quand sa fièvre apaisée lui permit d'envisager de
sang-froid son existence nouvelle.

S'installer dans l'auberge où le hasard l'avait
conduit, et y rester jusqu'au jour inconnu de sa
délivrance, fut sa première détermination ; mais
elle ne dura pas. La vie sédentaire l'effrayait. Il
craignait, en se trouvant sans cesse face à face
avec ses pensées, de devenir fou ou de mourir.

Et le jeune homme, qui gardait au fond de son
cœur l'amour de la famille et celui de son pays,
chercha le moyen de tuer les heures, pour n'être
pas tué par elles.

— Eh bien ! se dit-il, j'irai partout, à pied avec
mon bâton. Je verrai en détail cette Suisse si
vantée par les touristes, si chantée par les poètes.
Pendant ce temps-là, les affaires s'arrangeront en
France, et ma mère après, me rappellera.

Henri partit donc.

III

Nous ne suivrons pas l'exilé dans ses pérégrinations sans ordre et sans but, mais seulement pour satisfaire un instant notre curiosité, jetons un coup d'œil sur le fragment d'une longue lettre adressée à sa mère, la première dans laquelle il lui parla de la Suisse. Ce rapide aperçu du pays nous permettra de connaître ses impressions auxquelles les villes paraissent étrangères, preuve certaine que, sous l'empire de sa tristesse, il ne s'y arrêtait jamais :

« J'ai découvert sur les confins de l'Italie une bonne famille de fromagers qui consent à me donner l'hospitalité pendant quelques jours. Je vais me reposer un peu chez ces braves gens, et puis, nouveau Juif-Errant, je reprendrai ma marche arrêtée.

« C'est du mont Gothard point central de toutes les chaînes Alpines, que je vous écris en ce moment. Je suis là tranquillement installé sur les bords de la Reuss, échappée de ses flancs, et dont

les cascades m'envoient au visage leurs perles
liquides.

« Je le connais déjà, ce fleuve tourmenté et tour-
mentant. Plus loin, ses eaux impétueuses ont dé-
chiré deux énormes montagnes à travers lesquelles
coulent maintenant ses flots victorieux. On a donc
dû, pour rejoindre ces montagnes, construire un
pont, le Pont du diable. Je dois ajouter le bien
nommé, non parce que de terribles légendes s'y
rattachent, mais à cause du fracas et de la rapidité de la Reuss, quand elle passe sous son unique
arche. Les plus hardis frissonnent en entendant
ce fracas infernal et en regardant la course vertigineuse de cette onde en furie, dont les nuages
abaissés reçoivent les éclaboussures.

« En ce moment, le paysage est une véritable
féerie. Le soleil dore le sommet de la montagne
et en fait un globe de feu, tandis qu'à sa base restée dans l'ombre, le gazon est du plus beau vert.
Cet effet se produit souvent le lendemain de ces
épouvantables orages (nous en avons eu un hier)
qui terrassent les hommes, déracinent les arbres,
ébranlent les rochers ; orages du sud très fréquents dans la contrée, et d'autant plus terribles
que rien ne les annonce, et pendant qu'ils sévis-

sent, le temps est calme, le ciel est pur, il ne
tombe pas une goutte d'eau.

« Du reste, les contrastes se produisent souvent
en Suisse. J'ai cueilli des cerises à quatre mille
pieds au-dessus du niveau de la mer, et je viens
de ramasser des figues trop mûres, tombées sur
des glaciers. Au pied du mont Rosa, ce vaste cir-
que naturel, qui compte quatorze mille quatre
cent vingt pieds de hauteur sur dix-huit mille de
diamètre, fleurissent des citronniers, et sur la
route du mont Blanc, ces trois cimes aux neiges
éblouissantes, croissent des cèdres aussi vigou-
reux qu'en Asie.

« Il faut certainement attribuer ces caprices de
la nature au climat capricieux lui-même.

« La température de la Suisse est unique dans
sa variabilité. On y trouve des zones contraires
sous le même degré de latitude. Il m'est arrivé de
voyager le matin par une chaleur torride, et quelques heures plus tard de sentir sur mes épaules un
froid tellement intense, que je me serais cru trans-
porté en Sibérie.

» Le principe des glaciers si célèbres en Suisse
est encore dû à la même cause. Dans les montagnes la vertu évaporative de la chaleur des rayons

du soleil est telle parfois, qu'elle fait fondre la surface des neiges. De là une de ces congélations qui produisent de si merveilleux effets.

« Mais il y a deux sortes de glaciers, ceux qui se trouvent à l'entrée des sommets les plus élevés et ceux qu'on rencontre dans le fond de quelques vallées. Ces derniers sont les résultats des *lavanges* causées par le déplacement des eaux congelées ; quelquefois même celui d'une simple boule de neige qui, en roulant, entraîne avec elle des neiges durcies, et forme ainsi au bas de la montagne une autre montagne. Ceci doit être considéré comme une espèce de révolution dans la nature, spectacle imposant et terrible, qui ne se produit guère qu'au milieu des glaciers. La *lavange* s'annonce par un bruit semblable à celui du tonnerre. Elle a la rapidité de la foudre et parfois sa terrible puissance. Quand elle ne tue pas le voyageur par le simple déplacement de l'air, elle le tourmente par ses flocons glacés. Ils volent autour de lui si épais, si serrés, qu'ils effacent les chemins. Ces énormes masses cristallisées s'entraînant l'une l'autre semblent de gigantesques rochers venant se briser dans la plaine. Au printemps, la *lavange* laisse après elle une espèce de poussière composée de neige et de terre, d'où s'échappent des étincelles de plusieurs couleurs.

« Tout cela, vois-tu, mère, est horriblement beau.

« Lorsque j'ai commencé mes courses à travers les Alpes, je n'avais qu'une pensée : vous supplier de venir me rejoindre.

« Il y a aux pieds de ces admirables montagnes, des chalets charmants, où je rêvais de nous installer tous, et pour toujours. Sous le gracieux et pittoresque costume de suissesses, Hélène et Berthe seraient ravissantes. Nous eussions joué le soir de la cornemuse et chanté le *Ranz des Vaches* ; mais la réalité a interrompu le rêve, et je me suis demandé si vraiment j'avais bien toute ma raison, et si je n'aimais plus la France,

» Le principe de ce désir insensé venait d'abord de l'immense bonheur que j'aurais à vous embrasser ; ensuite, du besoin que j'éprouve parfois de communiquer mes impressions. Ainsi, en face de ces Alpes que je voyais pour la première fois, vous me manquiez doublement. Devant cet admirable désordre de la nature, pêle-mêle de masses informes, d'obélisques tordus, de pics déchirés, confusion étonnante semblable à un océan furieux, dont les vagues en un instant solidifiées ont gardé la forme de leur courroux, devant ce tout si imposant, je vous voulais témoins de mes extases. L'isolement et le silence me pesaient si fort, qu'un jour, en essayant de gravir la montagne de la Vierge, dans les Alpes bernoises, j'ai cherché querelle à un pauvre bûcheron qui, en me suivant, fumait tranquillement sa pipe sans paraître entendre mes exclamations. J'avais beau lui montrer ces rochers accrochés l'un à l'autre et superposés jusqu'à une hauteur de douze mille huit cent soixante-dix pieds, le brave homme n'admirait rien, et cela m'exaspérait. »

C'était à la fin du mois d'août. Par un de ces couchers de soleil si splendides en Suisse, Henri côtoyait le bord du lac de Lucerne, dans les eaux duquel se baignaient les rayons mourants de l'astre du jour.

Le voyageur paraissait fatigué, et sa marche indécise disait assez qu'il avançait sans but. Arrivé devant un bel hôtel fréquenté particulièrement par les touristes, il s'arrêta ; mais après avoir regardé dans l'intérieur, il continua sa route.

— Trop de mouvement et trop de monde, se dit le jeune homme qui, ce soir-là, était fort triste.

Ses pas le conduisirent à l'entrée de Lucerne
même qu'il parcourut, et il s'engagea machinalement sur l'énorme pont couvert nommé pont de
la Cour, qui sert de communication entre la ville
et l'église. Le voyageur jeta un coup d'œil sur les
tableaux dont il est orné, vieilles peintures représentant les scènes de l'Ancien Testament; puis,
sans examiner autre chose, il regagna la campagne, c'est-à-dire cette éternelle Helvétie aux contrastes effrayants et charmants, paysages faits de
pics de granit, de monts ingravissables, de plaines
du plus beau vert.

IV

Henri marchait toujours sans savoir où il allait.
Quoique le soleil eût complètement disparu, il ne
faisait pas encore sombre et le jeune homme pensait bien trouver un gîte avant la nuit.

Au détour d'un sentier assez rapide il aperçut
un de ces délicieux chalets comme il y en a, surtout dans le canton de Lucerne.

Rien ne pouvait être plus pittoresque, plus riant que cette petite construction de bois et de feuillage, dont l'ensemble tranchait sur un décor fait de sapins et de mélèzes.

Devant la porte qui s'ouvrait sur un jardin plein de fleurs, une fille de vingt ans environ, vêtue d'une jupe rouge, d'un corset de velours noir, sur lequel s'alternaient des broderies jaunes et des chaînes argentées, filait en chantant. Son pied, appuyé sur le rouet qu'il agitait vivement, laissait voir son soulier découvert et un bas bleu d'azur qui complétait le vrai costume de la paysanne lucernoise.

La fileuse ne le voyant pas continuait à tourner son rouet et à chanter.

Bientôt on entendit une voix douce et grave paraissant venir de l'intérieur du chalet.

La Lucernoise alors se leva et, après être rentrée, ferma la porte.

— Déjà, murmura le voyageur en cherchant à deviner ce qui se passait derrière la porte close.

Puis, par un sentiment instinctif et sans savoir encore ce qu'il voulait faire, Henri ramena sur son front ses cheveux dérangés par le vent, se-

coua la poussière de ses souliers, changea de
gants et attendit... Quoi ?

Il l'ignorait lui-même.

Le jeune homme resta ainsi à la même place
pendant une grande heure, regardant les deux
silhouettes qui apparurent derrière les rideaux
en même temps que la lumière.

La nuit était donc arrivée. Les ombres allongées, les étoiles d'or, la brise frémissante régnaient en souveraines dans le silence et dans le
noir.

Henri commençait à sentir la morsure du froid
à travers ses vêtements de toile. Ayant espéré
qu'on l'apercevrait et qu'il serait sollicité d'entrer,
il avait attendu. Pareille chose lui étant arrivée
maintes fois pendant ses voyages, il ne pouvait
donc être considéré comme téméraire de le penser, d'autant plus que la Suisse est le pays hospitalier par excellence.

Mais ne voyant rien se produire à l'extérieur, et
comprenant, après réflexion, que deux femmes
seules, sans doute, ne pouvaient guère recevoir la
nuit un étranger, il allait poursuivre son chemin
à l'aventure, quand l'idée lui vint de frapper au
chalet, afin de demander quelle route il devait

prendre pour trouver la plus prochaine bourgade.

Ce fut la fileuse qui vint lui ouvrir. La question d'Henri l'embarrassa fort. Il y avait bien deux villages à égale distance ; mais il est très difficile de renseigner quelqu'un qui ne connaît pas le pays.

— Qui donc est là, Mariette? dit de la pièce voisine la même voix qu'Henri avait déjà entendue.

— Un monsieur Français, qui s'est égaré jusqu'ici et qui demande la route.

— Français, Français, entendit répéter le jeune homme, malgré que ces deux mots eussent été prononcés tout bas.

Il se fit un silence, et Mariette allait se disposer à reprendre son repas interrompu, quand le mouvement d'une portière qu'on soulevait tout près attira son attention.

Il vit alors apparaître une femme en toilette de veuve, dont l'austère simplicité s'alliait parfaitement avec ses traits mélancoliques et ses cheveux gris.

D'un seul coup d'œil, Mme Eliçagaray devina un proscrit, et la parole de bienvenue, prête à s'échapper de ses lèvres s'y arrêta un instant, mais un instant seulement, car Henri ne se douta même pas de son hésitation, et avec une grâce toute parisienne :

— Entrez, monsieur, dit elle, les fromagers passeront dans une heure environ, et vous pourrez les suivre jusqu'au hameau de Sainte-Colombe. Là, vous trouverez un bon lit à l'auberge du *Bois touffu*.

Et la maîtresse de Mariette, soulevant davantage la portière, fit place à Henri, qui paya cette offre hospitalière du plus respectueux des saluts.

Sur un guéridon de laque, formant le milieu du petit salon, était posée une lampe dont la vive lumière, quoique tempérée par un abat-jour opaque, répandait néanmoins assez de clarté dans l'appartement, pour que rien n'échappât au regard.

C'est ainsi qu'Henri aperçut aussitôt, une jolie copie du tableau d'Holbein, cette éternelle danse des morts qui se retrouve partout en Suisse, et quelques gravures bien choisies, représentant les épisodes les plus connus de la vie de Guillaume Tell, depuis son refus de saluer le chapeau de Gessler, placé au haut d'un mât, jusqu'à la scène

de Kussmacht, quand Guillaume tue d'un coup
de flèche le tyrannique bailli. Puis, des livres
sérieux dont il connaissait les titres ; des riens
charmants qui trahissaient une femme aux goûts
d'artiste, lui dirent qu'il n'était pas dans la première maison venue.

— Prenez ce siège, monsieur, fit Mme Eliçagaray, en désignant du doigt un de ces fauteuils bas,
qui reposent autant qu'un lit, et puisque vous êtes
français, parlons un peu de la France. Pendant ce
temps, on préparera votre souper, ajouta-t-elle
en frappant sur un timbre.

Mariette apparut.

— Faites une tasse de thé, monsieur la prendra
avec des tartines et du jambon.

La Lucernoise s'inclina et partit.

Henri voulut se récrier, mais l'excellente
femme qui ouvrait sans défiance sa porte à l'é-
tranger, lui coupa la parole en entamant de suite
le seul sujet qu'à cette époque on pût aborder.

— Combien j'ai pensé à votre cher pays, pendant les jours de défaites, de deuils, de crimes
qui l'ensanglantèrent ! Lorsqu'arrivaient les nouvelles de France, toujours plus tristes, toujours
plus désolantes le lendemain que la veille, je me

. prenais à pleurer sur ces jeunes vies éteintes, sur ces belles intelligences dévoyées, sur ces douces existences brisées, sur la réunion de tous ces maux qui frappaient votre patrie, naguère si florissante, et je me demandais comment les autres nations et les siècles vous jugeraient.

— Rien, vous le savez, madame, ne grossit comme l'éloignement lorsqu'il s'agit de certaines questions, dit le voyageur, que ces derniers mots atteignaient, et l'histoire ne sera jamais une photographie de la vérité. Vous ne pouvez pas faire que ceux qui relatent, à mesure qu'ils s'accomplissent, les faits qui plus tard serviront de documents aux historiens, ne donnent pas à leurs récits la teinte du drapeau sous lequel, par conviction ou par intérêt, ils se sont rangés. Puis, comme l'horrible est attrayant pour les femmes, avides en général d'émotions, et pour les vieillards, qui ne pensent plus aujourd'hui ce qu'ils pensaient hier, alors ces faibles et ces affaiblis faisant nombre, se jettent sur les feuilles menteuses, qui livrent à l'exécration d'un public trompé, des hommes et des actes qu'en réalité ils ne peuvent juger.

— Vous êtes jeune, monsieur, et à votre âge on

ne veut pas croire au mal, mais ce que nos cheveux blancs traitent d'erreurs, de fautes, sont bien réellement, croyez-le, des erreurs et des fautes; car, en thèse générale, et puisque nous agitons la sérieuse question de l'histoire, les événements n'ont-ils pas donné maintes fois raison à l'instinct de la femme, à l'expérience du vieillard, ces deux grandes faiblesses, incapables selon vous d'apprécier les choses à leur juste point de vue?

— Pardonnez, madame, la parole maladroite...

— Vous ne m'avez pas blessée, monsieur; nous causons, nous discutons même, si vous voulez. J'ai peut-être pris l'offensive, vous vous tenez sur la défensive, rien de plus juste; je suis dans mon droit, vous êtes dans votre rôle. Y a-t-il longtemps que vous avez quitté la France?

— Deux mois environ.

— Et vous y rentrerez?

— Je ne sais trop, murmura Henri, commençant à se sentir gêné en face de cette femme à la voix douce et tendre, qui lui disait des choses presque dures et qui l'avait certainement deviné. Il aurait bien voulu, le pauvre garçon, ne pas avoir frappé à la porte du chalet.

Mais cet instant de regret fut court.

Quand il vit avec quelle sollicitude Mme Eliçagaray s'occupait des détails du souper qu'elle lui
faisait préparer, et sous l'empire d'un sentiment
de reconnaissance et d'honnêteté, le jeune homme
tout ému se rapprocha de sa bienveillante hô-
tesse, puis, d'une voix tremblante, lui dit presque
tout bas :

— Savez-vous, madame, que le nom que je
prends, les vêtements que je porte sont autant de
mensonges... Je suis proscrit, mais proscrit vo-
lontaire.

— Je m'en doutais tout à l'heure, monsieur,
mais la certitude que j'en ai maintenant ne m'ef-
fraye pas davantage.

Et, avec un tact parfait, la veuve parla d'autre
chose.

Cependant, le jeune homme avait grande envie
de reprendre le sujet abandonné. Comme l'enfant
entêté qui entend quand même avoir raison, Henri
voulait prouver à Mme Eliçagaray que beaucoup
des horreurs de la Commune devaient trouver
grâce auprès des natures d'élite, en faveur des
idées soi-disant généreuses qui en avaient été le
principe.

Alors, profitant d'une phrase terminée, il rentra aussitôt dans la question.

— Pourquoi donc vous, madame, née dans un pays ami par-dessus tout de la liberté, voulez-vous refuser aux Français le droit de secouer des lois arbitraires qui écrasent tout un peuple?

— A Dieu ne plaise, que je vous réponde, monsieur, je n'entends rien à la politique. Si tout à l'heure, vous m'avez entendue prononcer quelques paroles de sympathie et de pitié pour votre patrie, c'est que j'y ai été élevée et que je la crois bien malheureuse. Maintenant, vous me permettrez, j'espère, de trouver insensés les principes de la Commune et de déplorer ces révoltes permanentes contre tout ce qui est plus que nous, la Providence en première ligne. Vos temples ont été profanés ; les demeures de vos rois brûlées, sans respect non seulement pour la foi de vos pères, mais encore sans respect pour les souvenirs et les arts. Et croyez-vous pour cela avoir amoindri Dieu et avoir détruit le principe de l'autorité?

— Oh! il y a eu bien des actes regrettables, je l'avoue, et tout en partageant quelques-unes des opinions contre lesquelles votre indignation pa-

rait se soulever, je déplore ce fanatisme idiot,
qui a perdu notre grande cause. Cependant, je ne
désespère point, grâce aux idées nouvelles sur
lesquelles le jour s'est fait un instant, voir disparaître, petit à petit, certains préjugés qui en-
serrent l'intelligence de la jeunesse, et surgir du
milieu de la foule oppressée, quelques nobles
penseurs qui sauront, enfin, faire comprendre
la Liberté ?

— Et si la nation française, vaincue, non pas
par le nombre, mais par la mauvaise foi et la
force, est enfin mise en possession de cette liberté, ainsi que vous la comprenez, sera-t-elle
plus heureuse.

— Sans nul doute, madame, vous ne verrez
plus d'oppresseurs, par cela même, plus d'op-
primés. Chacun aura sa place au soleil, grande
ou petite selon son mérite : arrière, les courtisans
et les faveurs, le règne en sera passé... Et puis,
les femmes, ces bonnes créatures souvent avi-
lies, sans cesse abaissées, se verront par des
lois protectrices arrachées à cette suite d'escla-
vages qui les prend au berceau et ne les quitte
qu'à la tombe...

— Elles ne se plaignent pas, monsieur... mais

qu'appelez-vous donc esclavage... serait-ce par hasard le devoir?,..

— Oh! non, mais entre autres, ce lien que les hommes en France, ont déclaré indissoluble, le mariage...

— Le mariage!... et prétendez-vous le supprimer? s'écria Mme Eliçagaray.

— Jamais, madame. Ce que nous réclamons, c'est la chose la plus humaine, la plus morale qui soit au monde : le divorce...

— Vous vous êtes mal expliqué; monsieur, ou j'ai mal compris.... Comment parlez-vous du divorce ?

— J'en parle comme d'une réforme, comme d'un bienfait, reprit tout naturellement Henri. Vous, Madame, citoyenne de Lucerne, cela ne doit point vous étonner, et d'ailleurs, depuis que le monde est monde, cette loi comme tant d'autres, si elle a été parfois abolie pendant la longue suite des siècles, a toujours reparu et je l'espère bien reparaîtra encore. Consultez toutes les histoires, voire même religieuses, elles vous diront toutes mille choses se rapportant à cette idée généreuse. Sans nous inspirer des premiers hommes, ni de ceux qui vinrent après; sans parler des pays étrangers, citons le digne, l'excellent empereur romain Théodose le Grand et les chefs des Etats qui se fondèrent sur les débris de son empire ; les conciles d'Elvire, de Trébon (remarquez que je n'évite point le côté religieux,) Charlemagne, d'illustre mémoire, etc., etc., etc. Puis, maintenant, les lois de 1792, de 1793 ; plus tard, le code Napoléon, les projets d'après 1830, de 1848, et ceux d'aujourd'hui. Vous le voyez donc bien, madame, pour qu'une pensée renaisse ainsi de ses cendres pendant bientôt deux mille ans, il faut qu'elle ait paru à certains esprits bien profonde et bien juste... Et persuadez-vous, que plus nous avançons dans le progrès, plus nous pénétrons au centre de la lumière, plus cette pensée se fortifie : et s'il était dans l'ordre des choses de pouvoir soumettre au plébiscite cette grave question, vous la verriez résolue dans ce sens à une imposante majorité.

— Je ne vous ferai pas, monsieur, l'injure de contester votre bonne foi ; cependant, si vous vous servez de votre érudition pour me donner la preuve évidente que le divorce est, non seulement une opinion de tous les temps, mais encore un souhait de tous les peuples, moi, j'emploierai

le simple bon sens pour tenter de vous prouver
combien est grande votre erreur.

Vous parlez de ces lois mises en vigueur à des
époques assez reculées pour qu'elles n'aient
encore presque aucune idée de la civilisation, ou
assez troublées pour que l'aveuglement soit à son
comble ; mais ces lois, elles jettent l'épouvante
dans les cœurs honnêtes, et voilà pourquoi, à
un moment donné, il faut bien qu'elles meurent.
Vous dites aussi : Cette pensée renaît de ses
cendres, donc elle est bonne ! Mais l'hydre de la
fable ne renaissait-il pas chaque fois qu'on l'écra-
sait ? Croyez-vous que si les religions et les gou-
vernements ont été aussi tolérants dans les
premiers temps du monde, s'ils ont eu leurs heures
de faiblesse ensuite, ce n'était pas pour opposer
un mal moindre à un mal plus grand ; ce n'était
pas pour tenter d'arrêter le débordement des
passions qui menaçait d'envahir tous les peuples ? Et où voyez-vous donc que cette condescen-
dance aux mœurs dissolues ait fait les femmes
plus libres ? Ne savez-vous pas, — sans parler
des questions de haute politique que je ne me
permettrai point de juger, — que n'importe de
quelle manière vous ne trouverez qu'abandon et

douleur chez la femme divorcée, victime la plupart du temps d'un caprice, d'un calcul ou d'une perfidie. Quant aux lois nouvelles dont vous rappelez les dates, mais elles donnèrent à l'exercice de l'action en divorce des facilités tellement arbitraires, tellement honteuses, qu'en 1794 une autre loi fut votée pour les rapporter. Et puisque vous avez invoqué le souvenir de la tolérance religieuse, moi je vous citerai, monsieur, cette admirable et sublime pensée d'un auteur français : « Profiter du divorce, c'est effacer la signature de Dieu. »

A peine Mme Eliçagaray eut-elle prononcé ces derniers mots qu'elle devint d'une pâleur extrême et quelques mouvements fébriles, quelques phrases entrecoupées, trahirent bientôt un véritable malaise, qui amena une contrainte pénible pour l'un et pour l'autre. La gêne vint ensuite, et comme personne ne savait comment reprendre la conversation, le silence s'ensuivit, silence écrasant pour celui qui l'avait fait naître.

Enfin, le pas tranquille de quelques chevaux agitant les clochettes de leur collier, puis un bruit de roues, vinrent fournir au voyageur un prétexte et pour parler et pour se retirer.

— Ne sont-ce pas les fromagers qui doivens passer par Sainte-Colombe? dit Henri en se levant, je crois entendre des voitures approcher. Il me reste, madame, à vous remercier...

— En effet, vous ne vous trompez pas, répondit Mme Eliçagaray, sans laisser au jeune homme le temps d'achever. Adieu, monsieur, j'espère que votre exil touche à sa fin. Puisse ce vœu, que je forme bien sincèrement, vous porter bonheur.

V

Etourdi de sa brusque sortie et tout rêveur de l'incident qui l'avait sinon amenée, du moins si promptement déterminée, Henri suivit à quelque distance les voituriers qui lui servaient de guide.

Les fromagers, dont le feu de la longue pipe brillait dans l'ombre, s'envoyaient de temps en temps un mot. Ce mot, qui frappait son oreille, il ne l'entendait pas.

Sa pensée tout entière retournait au salon du chalet, elle y était à genoux.

Oui, à genoux, aux pieds de cette femme qu'il avait offensée, au moment même où elle se montrait pour lui si généreuse. Dans le dédale de son cerveau, le jeune homme ne comprenait que vaguement sa faute, mais ce qu'il sentait très bien, ce qu'il se rappelait parfaitement, c'était d'avoir heurté les idées et les principes de celle qui le recevait sous son toit et à sa table, comme elle eût reçu un vieil ami ou un petit enfant.

Henri se désolait.

Sous cette impression de tristesse le voyageur arriva au hameau de Sainte-Colombe.

L'aubergiste du *Bois-Touffu*, brave paysan et joyeux compagnon, essaya de le faire causer et de le faire boire; mais ce fut peine inutile, il ne causa ni ne but. Le pauvre garçon venait de se créer un nouveau chagrin.

Aussi, sa nuit fut sans sommeil et sans repos dans le bon lit de l'auberge proprette : il vit passer et repasser devant ses paupières mi-closes la douce et mélancolique figure de Mme Eliçagaray.

Le jeune homme alors pensa plus longuement à sa mère et se mit à pleurer.

Les larmes d'un homme de vingt-cinq ans sont toujours des larmes amères. Il faut que la plaie de

l'âme soit vive et profonde quand à cet âge elle
se trahit par des pleurs, et pour lui elle l'était en
effet; car, non-seulement sa conversation maladroite lui laissait des regrets, mais il se rappelait aussi tout le passé déjà si loin, son isolement, sa vie errante et l'incertitude de son
avenir.

Cependant, lorsque le jour parut, le courage
d'Henri revint. Il se jura de ne plus donner une
seule pensée à la politique, résolut de ne vivre,
désormais, que pour les siens et pour l'étude, et
finit par voir en rose ce qu'il voyait en noir quelques heures auparavant.

Ces belles déterminations prises, le jeune homme sourit à tout : au soleil levant, dont les rayons
encore paresseux entraient les uns après les
autres par sa fenêtre ouverte ; au petit pâtre
indiscret qui, pour le mieux voir, était monté sur
le talus en face de sa chambre; au papillon étourdi,
effleurant son visage de ses ailes poudreuses; au
repas matinal qu'on lui présenta.

Sous prétexte de servir convenablement Henri,
l'aubergiste du *Bois-Touffu* ne quitta pas la salle
basse dans laquelle on avait dressé le couvert,
lançant tantôt un mot, tantôt une phrase auxquels

3.

le voyageur, mieux disposé que la veille, répondait sans trop se faire prier.

Puis, petit à petit, excité par la fumée du cigare,
par l'odeur des plantes balsamiques si nombreuses en Suisse, odeur qui arrivait jusqu'à lui
poussée par le vent de la montagne, le jeune
homme devint plus causeur, s'inquiétant des
ressources du pays qu'il disait vouloir d'abord
visiter en détail, peut-être pour s'y installer ensuite, etc., etc

Mais tous les renseignements dont il paraissait
chercher à s'en'ourer, n'avaient qu'un but : obtenir, sans les demander, quelques détails sur la
veuve du chalet, cette digne femme à laquelle,
sans le vouloir, il avait fait tant de peine la veille.

La chose se présenta tout naturellement.

L'aubergiste, causeur par nature et n'ayant ce
jour-là rien à faire, raconta sommairement l'histoire des principaux habitants à deux lieues à la
ronde.

Mme Eliçagaray fut la dernière nommée.

— Quant à celle-ci, monsieur, c'est la providence de tous ceux qui souffrent. La pauvre
femme a tant pleuré qu'elle compatit à toutes les
douleurs.

Cet éloge, s'il disait beaucoup, ne suffisait pas
à Henri qui, alors, prit la résolution de retourner
au chalet. Le jeune homme sentait combien il
avait été mal inspiré, en affectant des principes
assez hardis pour douter qu'ils pussent être parta-
gés ; et sous l'impression de ses regrets, il voulait
tenter, s'il était possible, de se réhabiliter dans
l'esprit de Mme Eliçagaray.

En attendant l'heure convenable pour se présenter, il écrivit longuement à sa mère, lui raconta
mille choses, mais rien de l'incident de la veille. Sa
lettre était affectueuse et tendre. Henri en croisa
même les lignes pour répéter encore, combien il
aimait le cher trio qui avait toutes ses pensées et
tout son cœur.

Vers le milieu de l'après-midi, il se mit en
route. La chaleur était extrême. Afin de l'éviter,
il chercha les sentiers, ce qui l'éloignait de la
ligne directe. Mais le voyageur s'accommodait
facilement de ce retard, car, sans se l'avouer, il
était presque tremblant à l'idée de revoir Mme Eliçagaray.

Enfin il arriva.

Mariette, occupée dans le jardin à couper les
dernières roses défleuries, l'aperçut aussitôt; elle

le salua comme un habitué de la maison et supposant bien qu'il venait visiter sa maitresse, lui ouvrit immédiatement la petite barrière.

— Suivez-moi, monsieur, dit-elle, madame est par ici.

La Lucernoise le conduisit dans un joli bosquet attenant au chalet.

Henri était tout émotionné.

La veuve lisait. Le bruit de pas venant à elle lui fit lever la tête. En voyant le jeune homme, Mme Eliçagaray poussa une légère exclamation.

— Ah ! bonjour, monsieur, soyez le bien-venu.

Puis elle tendit la main au visiteur.

Le jeune homme la prit sans prononcer une parole.

Cette femme est vraiment bonne, pensa-t-il.

Mais, malgré cette conviction, Henri ne trouvait rien à dire.

Mme Eliçagaray vint à son secours.

— Les fromagers vous ont bien conduit à Sainte-Colombe, n'est-ce pas, monsieur ?

— Parfaitement, madame, et comme vous me l'aviez annoncé, j'ai trouvé un bon lit à l'auberge.

— Avez-vous pu reposer, au moins ? Il arrive souvent que les gens du marché de Lucerne s'y arrêtent la nuit ; dans ce cas, il est impossible aux voyageurs de dormir.

— Je suppose bien que j'étais seul, car tout était fort calme.

Henri devenait de plus en plus embarrassé ; cependant, comme il fallait bien motiver sa visite, il fit un effort sur lui-même et reprit :

— Devant sous peu quitter ce canton, où je n'ai aucune raison pour séjourner plus longtemps, j'ai tenu à vous revoir, madame. Vous vous êtes montrée bien bonne pour l'étranger, pour l'inconnu, c'est la moindre chose qu'il vous en témoigne sa gratitude... Et puis, n'avez-vous pas habité la France ? S'il vous y reste quelques amis, voulez-vous qu'à mon retour je leur porte de vos nouvelles ?

— Merci, monsieur, mais je n'ai plus aucune relation dans votre pays. Elevée au Sacré-Cœur de Paris, je ne connaissais que les saintes femmes parmi lesquelles j'ai vécu six années. Elles doivent être toutes mortes maintenant, et la nouvelle génération ne sait même pas que j'existe... je suis trop vieille...

En prononçant ces mots, Mme Eliçagaray eut sur les lèvres un pâle sourire.

Henri vit ce sourire, et pour la première fois, examina attentivement celle qui lui parlait.

— Quel âge peut-elle donc bien avoir ? se demanda-t-il.

Les traits amaigris de la veuve ne portaient aucune des rides de la vieillesse. Seuls, quelques sillons creusés par la pensée et par les larmes, se comptaient sur sa jolie figure, mais les cheveux blancs, cette neigeuse auréole que chaque année rend plus éblouissante encore, semblait démentir cette quasi-jeunesse. Mme Eliçagaray était une de ces femmes sans âge qui appellent la tendresse, commandent le respect.

La veuve ferma son livre et prit une corbeille remplie de fleurs, qui se trouvait près d'elle.

— Vous permettez, monsieur, que je fasse mes bouquets. C'est un soin de chaque jour et je ne l'abandonne à personne.

— Comment donc, madame...

— Ces bouquets sont pour deux tombes bien chères, celle de mon mari et celle de notre fille : Ceci vous explique, monsieur...

Henri s'inclina.

— Je porte tous les soirs des fleurs, là où ils sont couchés, et je rapporte ici celles de la veille...

Il me semble que leur calice flétri me parle de
l'ami et de l'ange... Ce que je vous dis-là, monsieur, vous fait pitié sans doute. Des idées si étroites ne peuvent guère trouver grâce au temps où
nous vivons.

— Ces idées sont trop respectables, madame,
pour n'être point respectées, et croyez bien que
moi, tout le premier...

— Cependant, monsieur, les principes que vous
défendez, que vous partagez même, ne sauraient
admettre ces sentiments qui, alors, seraient un
non-sens.

— Oh! permettez, madame, personne plus que
moi ne vit par le cœur.

— Je vous en félicite. Si parfois on en souffre,
parfois aussi on en est consolé.

Il se fit un silence et Mme Eliçagaray reprit :

— Du reste, chacun défend les idées comme il
comprend la vie. Les événements nous font, en
général, ce que nous sommes, et, tout naturellement, nous portent à condamner ce qui jette
dans notre existence le trouble et les larmes. Vous,
monsieur, qui voyez dans la création de nouvelles
lois, le bonheur de la France, et par contre, votre
propre bonheur, vous avez alors foi en cette uto-

pie, Moi, qui ai été brisée par ces mêmes lois que vous appelez de tous vos vœux, je les maudis.

De grosses larmes coulèrent sur les joues pâles de la veuve.

— Combien je regrette, madame, d'être cause, encore une fois, pour vous, d'un moment de tristesse.

— Oh! dites plutôt que c'est la pensée intime qui se fait jour. Et puis, voyez-vous, mon enfant, il arrive une époque dans l'existence où nous éprouvons le besoin d'imposer à plus jeune que nous l'expérience acquise ; mais ce n'est pas impunément que se réveillent les souvenirs.

— Parlez-m'en donc, madame, si vous croyez que je sois digne de les entendre. Vous venez de m'appeler votre enfant, permettez que je garde ce titre quelques instants encore. Il me donnera le droit de vous dire que si tout le monde sait combien vous êtes bonne, moi, je voudrais savoir pourquoi vous avez tant pleuré.

Mme Eliçagaray ne parut point étonnée de cette demande, qu'à tout bien prendre elle avait presque provoquée, et, sans hésiter, la veuve répondit :

— Je n'ai raconté à personne les détails de ma vie: le monde a pu en deviner beaucoup, les circonstances qui l'ont traversée, ayant été, pour la plupart, mises au grand jour. Mais le canton de Lucerne, qui peut enregistrer à son avoir tant d'événements semblables, n'a certes pas compté combien de malheurs en sont résultés. Maintenant que mes bouquets sont achevés, rentrons au salon. Le soleil qui, tout à l'heure, va régner en maître sous le berceau, nous en chasserait dans un instant ; cédons-lui la place, et puisque vous semblez chercher les motifs pour lesquels je combats les idées de régénération qui, sans doute, vous ont valu le chemin de l'exil, je vais vous dire quelques-unes des phases de mon passé ; après cela, vous jugerez.

VI

— Je n'ai pas connu mes parents, commença Mᵐᵉ Eliçagaray, une fois qu'Henri et elle furent convenablement installés dans le petit salon. Ils sont morts l'un et l'autre dans le Valais, où ils

étaient nés ; mon père, des suites d'une chute terrible qu'il fit en revenant de Louëche par la pente
ardue de la montagne, au pied de laquelle mugit
la fougueuse Dala ; ma mère, de douleur et de
langueur dans une maisonnette perdue entre la
vieille Sion, cette pauvre maltraitée du temps et
des hommes, et Longeborne ce merveilleux her-
mitage sorti d'un morceau de roc.

Leurs familles ne se composaient que de cou-
sins à un degré si éloigné, qu'ils comptaient à
peine ; on ne les connaissait même pas.

Aussi, lorsque mon père sentit approcher sa fin,
il jugea sage de réclamer d'un vieil ami qui lui
avait toujours été dévoué, un de ces services qu'on
ne demande qu'à l'affection : Accepter la tutelle
de son enfant, de cette petite fille qu'il prévoyait
bien devoir être sous peu tout à fait orpheline.

Le conseil de famille ratifia volontiers le désir
du mourant, qui le débarrassait d'une véritable
charge.

J'avais alors deux ans. Mon tuteur, M. Maré,
me confia à de bons paysans qu'il connaissait, puis
s'occupa de réaliser ce qui m'appartenait et de le
faire fructifier.

Je restai en nourrice jusqu'à ma dixième année.

A cette époque, mon tuteur, qui avait depuis longtemps quitté le Valais pour le canton de Lucerne,
vint me chercher pour me conduire au Sacré-Cœur
de Paris.

Huit années se passèrent. J'étais heureuse sous
ce toit béni. Parfois, il m'arrivait bien de regretter
les parents que je n'avais pas connus, les caresses
de ma nourrice, et de sentir la nostalgie de la
montagne s'emparer de mon esprit ; mais ne pouvant ni faire revivre les morts, ni franchir la dis
tance, j'appelais la raison à mon aide et je retour-
nais à mes études avec une ardeur nouvelle.

Un jeudi du mois de mai, on m'appela au parloir.

Cet appel, chose ordinaire pour la plupart des
jeunes filles, prenait pour moi les proportions d'un
événement. C'était la première fois que ce fait se
présentait depuis mon entrée au couvent.

— J'ai le pressentiment que c'est ton tuteur, —
me dit Emma Will, ma compagne préférée, une
charmante anglaise de la Louisiane, qui devait
bientôt quitter la France pour retourner sur les
bords du Mississipi, — je le voudrais, car ce serait
pour t'emmener sans doute... Tu te trouveras si
seule, ma pauvre Bernardine, quand je ne serai
plus là.

Mon amie disait vrai. C'était bien M. Maré. Il venait me chercher pour me ramener, non pas dans le Valais, mais dans le canton de Lucerne, ajoutant d'une manière tout affectueuse, qu'il comptait bien me garder près de lui, à moins que je n'eusse de la répugnance à partager sa vie solitaire.

Je n'avais jamais arrêté ma pensée à un projet quelconque. L'avenir étant pour moi lettre close, je ne m'en préoccupais point, laissant aux événements le soin d'en décider. Aussi, accepté-je tout ce qui me fut proposé, ne sachant pas en quittant le Sacré-Cœur s'il fallait ou pleurer ou sourire.

Nous arrivâmes à Lucerne vers les derniers jours du mois de mai.

Je fus aussitôt installée dans l'appartement le plus gai de la maison de M. Maré. Malgré cela, il me parut fort triste, car l'habitation, vieil hôtel enfumé, était située dans une des rues les moins fréquentées de la ville, elle-même bien déserte.

A dix-huit ans, quand on n'a vécu jusqu'alors que de la vie commune des pensionnaires, et qu'on se trouve transportée tout d'un coup dans le silence et le sombre, il est difficile de ne point souffrir un peu.

Cependant, mon tuteur me rendait l'existence aussi douce que possible. Il avait pour moi des attentions vraiment paternelles, de douces paroles et souvent des sourires. Mais il ne pouvait faire disparaître les rides de son front, ni donner à ce qui l'entourait l'air de gaieté, de jeunesse auquel j'étais habituée.

Malgré cela, le temps passait. Mon tuteur ayant voulu que je prisse les rênes de son intérieur, abandonné jusqu'alors à ses domestiques, je me trouvais assez occupée, et presque chaque jour il m'emmenait faire une excursion aux environs de Lucerne. Par une belle après-midi d'automne, nous allâmes visiter Neu-Habsbourg, que vous avez sans doute vu, monsieur ?

Henri fit un geste négatif.

— Neu-Habsbourg est un vieux château en ruines, appartenant jadis aux comtes de ce nom, ancêtres du célèbre Rodolphe, qui ceignit la couronne des Césars. Jusqu'alors, nos courses ne nous ayant pas conduits de ce côté, je ne connaissais pas cette masse de pierres effondrées, que les souvenirs transmis par l'histoire permettent, néanmoins, à l'imagination de relever.

En même temps que nous, heurtaient à la porte

du gardien, deux habitants de la ville, le père et
le fils, que nous voyions quelquefois se promener
sur le lac, dans une délicieuse petite embarcation.

Le concierge nous introduisit tous, et allait
commencer à nous expliquer, tant bien que mal,
où étaient les voûtes, les portails ; ce qui se passait ici, ce qui se passait là-bas au temps d'autrefois, quand le plus jeune de ces messieurs, qui paraissait comme chez lui dans ce sombre milieu,
demanda et obtint de mon tuteur d'être notre cicerone.

Alors, avec beaucoup d'entrain et une facilité
d'élocution remarquable, il nous narra tous les
faits historiques qui se rattachent aux ruines que
nous parcourions, depuis la générosité de Rodolphe de Habsbourg, abandonnant sa monture à un
moine passant la rivière à gué, jusqu'à la lugubre
anecdote qui, dans le pays, immortalisa le dévouement de la femme d'un gouverneur autrichien,
auquel les Confédérés refusaient de faire quartier
dans le château. Il dit, avec des mots bien sympa-
thiques, le fait de l'épouse demandant aux assié-
geants la permission de sortir et d'enlever ce
qu'elle possédait de plus précieux, et qui franchit
la porte du manoir, emportant son mari sur ses

épaules, celui-là même qui, un peu plus loin, égorgea sa libératrice, pour qu'il ne fût pas dit qu'un chevalier pût devoir la vie à une femme.

Je ne vous parlerais ni de ces détails, ni de ces faits, si à l'un d'eux ne se rattachait pas le plus grand événement de ma vie.

Cet homme charmant que la Providence semblait avoir amené par la main jusqu'à moi, devint peu de temps après mon mari.

Lui, était beau, riche, généreux ; moi, je n'avais que ma jeunesse, les roses de mes joues et une dot si légère, qu'elle ne pouvait compter.

Tout Lucerne s'occupa de cette union, faite sous de bien heureux auspices.

Jamais homme n'eut de fiancée plus dévouée que M. Eliçagaray ; jamais femme ne fut plus aimée, plus désirée que Bernardine.

Rien, monsieur, ne vous donnera une idée de notre bonheur, lorsqu'installés dans un magnifique chalet que mon beau-père nous avait acheté de l'autre côté du lac, nous arrangeâmes notre existence selon nos goûts. Il semblait que nous dussions y vivre toujours jeunes, toujours joyeux, entre les deux bons vieillards dont nous étions adorés.

Mais le bonheur même a ses monotonies, et nous eussions fini par nous lasser de l'heureuse uniformité de notre vie, si le ciel n'avait pas mis entre nous un cri d'enfant, lien mystérieux et béni, qui comblait la mesure de ses bienfaits.

Notre fille, adorable chérubin aux yeux d'azur, aux cheveux d'or, aux lèvres roses, ne savait que sourire. Madeleine s'élevait doucement sous nos regards attendris, et la présence presque continuelle des deux grands-pères ajoutait au charme de notre cher milieu.

Cependant, il en fut de l'ivresse du berceau ce qu'il en avait été de nos premières heures d'amour. Petit à petit, nous sentîmes le besoin de revivre un peu de la vie commune à tous et, nous rapprochant de la société, dont jusqu'alors nous avions repoussé les avances, nous ne tardâmes pas à prendre part à presque toutes les fêtes et à toutes les réunions de Lucerne.

Mon mari aimait le luxe et le plaisir.; sa fortune lui permettait de s'y livrer. Il se trouvait donc heureux au milieu de la société où, du reste, on paraissait l'aimer beaucoup.

J'accompagnais M. Eliçagaray dans le monde, plutôt pour répondre à ses désirs que pour satisfaire mes goûts. J'eusse préféré de moins nombreuses réunions; mais je ne résistais pas à la joie que me causait le ravissement de mon mari quand, à l'heure du départ, je me présentais à lui parée des bijoux qu'il m'avait donnés ou des fleurs qu'il venait de me cueillir.

Si quelques sceptiques traitent de ridicule la fierté de la femme aimée, j'ai poussé ce ridicule au delà des limites du possible. Cet homme! monsieur, mais il était tout mon horizon. J'aurais voulu être admirablement jolie pour payer par autre chose encore que par ma tendresse, cette affection qu'il me prodiguait; il me semblait que je n'étais ni à la hauteur de sa bonté, ni à la hauteur de son intelligence.

Ses travers, s'il en avait, me paraissaient autant de perfections, et les jours succédant aux jours passaient pour moi comme un de ces songes heureux qui montrent la vie sans ombres et sans larmes.

Un matin de très bonne heure, nous vîmes arriver M. Maré. En traversant le jardin, il marchait la tête baissée. Son pas incertain nous étonna. Qu'a-t-il? fut notre première pensée. Et l'inquiétude qui, de seconde en seconde, nous ga-

4

gnait davantage, avait certes sa raison d'être, car
la pâleur de son visage et l'altération de ses traits
annonçaient une souffrance physique ou une douleur morale.

— Quel événement vous amène à cette heure,
cher monsieur ? dit mon mari en prenant une de
ses mains, tandis que je portais l'autre à mes lèvres, vous paraissez bien malade.

Ces mains que le digne homme nous abandonnait sans même avoir conscience de ce qui se passait, ces mains étaient brûlantes.

— Votre père a fait ce matin une chute terrible... Je viens vous chercher, mes enfants...

Il y avait dans l'accent de cette voix émue
quelque chose de si profondément triste que nous
nous écriâmes ensemble.

— Il est mort !

— Non, non, je vous le jure, seulement venez
vite...

En effet, notre pauvre père n'était pas mort,
mais dans quel état nous retrouvâmes le beau
vieillard qui nous quittait la veille, si plein de
vie et de santé !

Tombé, on ne pouvait savoir comment, du haut
de la terrasse de la maison, une des plus élevées

de Lucerne, il s'était brisé, et après d'horribles
souffrances que trahissaient d'affreux gémisse-
ments, il mourut sans nous avoir dit un seul mot.

Les docteurs s'étonnèrent beaucoup de ce mu-
tisme, qu'ils ne s'expliquaient point, la tête ayant
été épargnée dans la chute.

Cet événement fut pour mon mari comme un
coup de massue.

Sous l'influence de sa douleur, la première qu'il
eût jamais ressentie, son caractère charmant s'as-
sombrit. Les caresses du petit ange qui gazouillait près de lui ne pouvaient rien sur son humeur,
et une longue année se passa sans qu'on l'ait vu
esquisser un sourire.

Et puis, à sa peine profonde, se joignirent des
soucis, des tortures. La succession de notre père,
non-seulement embarrassée, mais encore oné-
reuse, fut pour lui une découverte fort pénible à
tous les points de vue ; et quand il eut acquis la
certitude que des spéculations regrettables avaient
entraîné le pauvre homme à sa ruine, il se prit
à penser davantage à cette chute, à cette fin..!

Le temps seul, admirable remède à tous les
maux, vint à mon aide, et un peu de calme rentra
dans son esprit, un peu de joie dans son cœur.

Il reprit alors l'existence où nous l'avions laissée avant ce terrible événement. Du reste, sa nature active qui possédait au suprême degré le besoin de se dépenser au dehors, et à laquelle il fallait le mouvement de la vie mondaine, le bien-être que donne la fortune, ce tout enfin qui, pour lui, constituait le bonheur, cette nature, dis-je, n'aurait pu résister au deuil éternel auquel semblait l'avoir condamné sa profonde douleur.

Les sommes relativement importantes que M. Eliçagaray dut abandonner aux créanciers de son père, dont il voulait que la mémoire fût honorée, avaient nécessairement été prises sur notre capital. Cependant, mon mari ne réduisait rien de nos dépenses, et je m'en inquiétais ; mais il calma mes craintes en m'assurant qu'il conduisait sa barque avec prudence.

Le théâtre étant la distraction favorite de M. Eliçagaray, nous y allions très souvent. Il y avait alors à Lucerne une troupe excellente, qui interprétait parfaitement les pièces fraîches écloses à Paris.

Les principaux acteurs, célébrités nomades, restaient volontiers chez nous toute une saison. Il y avait là pour eux, une question de repos et de liberté.

Parmi les actrices, une surtout se faisait remarquer. Sa voix mélodieuse et charmante, qui pouvait, certes, lutter avec le chant du rossignol; sa
grâce entraînante et la régularité de sa conduite,
étaient autant de prestiges qui lui valaient la
considération générale. Fille de pauvres gens, née
dans le canton; élevée à quelques lieues seulement
de la ville, Mlle X... revenait parfois se reposer à
Lucerne, où elle possédait, depuis la mort de ses
parents, une somptueuse demeure. Alors, l'enfant
du pays, oubliant sa basse extraction, menait
grande vie. Ses équipages étaient du meilleur
goût, ses chevaux superbes, sa maison montée
sur un très grand pied. A tout cela, personne
ne trouvait rien à dire, parce qu'on n'ignorait pas qu'elle avait gagné des sommes énormes pendant ses voyages aux États-Unis et en
Russie.

M. Eliçagaray ne cachait pas son enthousiasme
pour la cantatrice, dont il vantait non seulement
la voix délicieuse, mais encore l'air de distinction
parfaite.

Il y avait vraiment chez cette femme, de la
grande artiste et de la grande dame.

Ne croyez pas, monsieur, que cet enthousiasme

4.

m'ait porté ombrage. Je faisais la part de la nature de mon mari, et comme je le trouvais toujours aussi affectueux avec moi, toujours aussi
tendre avec notre fille, je ne m'inquiétais de rien.
Et puis, il paraissait évident que son esprit seul
subissait cette espèce de fascination.

L'hiver que nous traversions alors était désas-
treux. De terribles *lavanges* ruinaient grand nombre de montagnards ; leurs troupeaux disparais-
saient entraînés par d'effrayants courants; les
cadavres des brebis et des agneaux roulaient déchirés dans les eaux de nos fleuves, rendus furieux
par les tempêtes.

La Société lucernoise s'émut de ces désastres et
de leur suite inévitable : la misère.

Alors, la charité, de sa voix persuasive, fit
appel à la pitié publique.

Toutes les bourses s'ouvrirent, et dans la grande
sébille qu'elle présenta à la générosité de chacun,
l'obole du pauvre se confondit avec l'or du riche.

On donna beaucoup; mais les ruines étaient si
nombreuses que les sommes, relativement énormes, une fois divisées, ne réparaient qu'en partie
les malheurs.

Alors, on pensa à organiser une de ces soirées

qui produisent ordinairement de belles recettes, et les autorités de Lucerne s'arrêtèrent à l'idée d'un concert.

Cette idée était parfaite, à la condition que le programme serait attrayant, et il ne pouvait l'être qu'autant qu'on y verrait figurer le nom de Mlle X...

C'est moi qu'on pria de solliciter son concours.

Je me rendis donc chez elle. C'était par un jour sombre et une bise glacée. Mon mari m'accompagnait.

La cantatrice se disposait à sortir. Sa voiture était avancée ; les domestiques attendaient et les chevaux piaffaient en rongeant leurs mors.

Cependant le valet de chambre nous introduisit, disant qu'il allait prévenir madame.

J'avais le cœur serré en traversant les larges corridors de cet hôtel. Je ne m'y trouvais pas à ma place.

M. Eliçagaray, au contraire, paraissait à l'aise au milieu du luxe étincelant qui l'environnait, et dès que le domestique se fut retiré, mon mari fit le tour de l'appartement pour tout voir et tout admirer.

Le salon contenait en effet de fort belles choses.

De gracieuses cariatides aux formes allongées et d'une délicatesse extrême, supportaient de riches corniches. Placées de distance en distance, elles servaient de cadres à des fresques dont le large et hardi dessin, les brillantes et fraîches couleurs, révélaient la touche italienne. Du plafond en chêne sculpté, descendaient sept lamperons en vermeil attachés à la même tige et rappelait le chandelier des juifs. Dans chacun de ces lamperons, remplis d'une huile odoriférante, brûlaient de petites veilleuses qui faisaient penser aux étoiles ; des rideaux de brocatelle, d'un gris presque blanc, étaient appendus aux fenêtres et mêlaient leurs plis argentés à des flots de guipure ; les guéridons, les consoles, les étagères fourmillaient de ces riens charmants qui valent leur pesant d'or ; sur le parquet, s'étendait un tapis de Smyrne d'une grande richesse.

Sans pouvoir analyser mes sentiments, cet ensemble m'attrista et j'allais peut-être faire part de mes impressions à mon mari, qui, lui, admirait toujours, quand Mlle X... apparut.

Enveloppée dans une pelisse de satin doublée de renard bleu, cadeau d'un prince russe ; coiffée d'une toque de velours garnie de plumes de lophophore, la cantatrice était plus séduisante encore chez elle que sur la scène. Néanmoins, l'expression de son regard, que n'estompaient plus les crayons *fardants*, produisit sur moi un effet étrange. J'eus un instant peur de fixer mes yeux sur ses yeux. Mais presque aussitôt sa voix mélodieuse et son geste gracieux firent à peu près disparaître cette impression première.

Il ne fallut pas insister beaucoup pour la décider à chanter. Artiste dans l'âme, il était facile de deviner qu'elle en possédait le caractère et que, si la musique paraissait être son élément, elle aimait aussi les feux de la rampe et les applaudissements du public.

Pendant notre courte visite, je conservai le ton de la plus grande cérémonie, et eu égard en ce moment à nos positions respectives, Mlle X... aurait peut-être été en droit de remarquer mon extrême froideur; mais l'affabilité de M. Eliçagaray faisant contrepoids, la cantatrice ne parut pas s'en apercevoir.

Lorsque nous eûmes quitté la *diva* et fait quelques pas dans la rue, mon mari se retourna, puis embrassant d'un seul regard l'hôtel et l'équipage qui attendait toujours, il murmura avec une in-

flexion de voix que je ne lui connaissais point : ·
— Cette femme est bien heureuse !

Quoique ces mots fussent tombés sur mon cœur
aussi pesants que du plomb fondu, je ne dis rien
du coup qu'ils venaient de me porter ; ne me les
expliquant pas, je redoutais d'apprendre ce que
voulait dire cette exclamation, qui paraissait
pleine d'amertume et d'envie.

Cependant, quelques jours après, m'armant de
courage, j'en parlai à mon tuteur.

M. Maré, qui plusieurs fois déjà avait fait à
mon mari quelques observations relativement à la
mondanité de notre vie, m'entretint alors de ses
appréhensions au sujet de notre fortune, et n'attribua qu'à des soucis pécuniaires cette exclamation, que rien autre chose ne pouvait, selon lui,
justifier.

L'opinion de mon tuteur réveilla chez moi des
craintes que, confiante en la bonne administra-
tion de M. Eliçagaray, j'avais d'abord repous-
sées, et réunissant dans mon souvenir certaines
particularités isolées, je me convainquis facilement que mon mari avait manqué de prudence,
et que notre position ne devait pas être ce qu'elle
paraissait.

Depuis notre visite chez la cantatrice, je n'étais pas retournée dans le monde. Une vague tristesse s'étant emparée de mon cœur, je m'éloignai sans effort de la société, qui attribua ce semblant de retraite à une bizarrerie de caractère. Mon mari lui-même y crut ou feignit d'y croire, et me laissa libre ; mais lui ne renonça à aucune de ses habitudes.

Je profitai avec bonheur de cette liberté pour vivre davantage de la vie de Madeleine, visiter plus souvent M. Maré et reprendre, avec Emma Will, ma compagne au Sacré-Cœur, notre correspondance presque abandonnée, de son côté, à cause des embarras que lui occasionnait la mort de son mari, la laissant veuve avec une toute jeune enfant et une fortune consistant en propriétés disséminées ; du mien, par le manque de temps, car, vous le savez, monsieur, le monde est exigeant pour ceux qui se sont donnés à lui.

Ainsi que l'écho de Simonetta (1), qui répète les sons un nombre infini de fois, certaines particularités de ce fameux concert, auquel je n'assistai pas, me furent redites à satiété par mes

(1) Écho célèbre près de Milan, qui répète au moins quarante fois les mêmes sons.

amies. Cependant, je n'attachais pas d'importance à ces commérages de salon, et, bien persuadée de l'affection de mon mari, je ne m'inquiétais point de ses assiduités auprès de Mlle X..., d'abord parce qu'il m'en avait parlé lui-même, ensuite parce que je pensais qu'après tout il fallait bien la fêter un peu en reconnaissance de son bon vouloir.

Lorsque, par hasard, M. Eliçagaray ne sortait pas le soir, et qu'assis l'un et l'autre devant l'âtre brûlant nous regardions ensemble notre Madeleine, notre ange, présenter ses gentils doigts à la flamme du foyer ; que nous écoutions avec la même attention émue les mots charmants inventés par l'enfance, que de fois j'ai été pour lui dire :

— Pourquoi aller chercher ailleurs d'autres distractions, d'autres joies ?

Mais la parole expirait sur mes lèvres ; j'étais sans force pour élever la voix ; je craignais tant d'apercevoir un nuage sur son beau front, qui parfois maintenant était rêveur !

Les jours s'égrènaient avec rapidité, et le printemps, un printemps radieux, succéda à ce terrible hiver. Le retour du soleil, dont les baisers déjà chauds venaient nous trouver jusqu'au fond du chalet où le froid nous avait, Madeleine et moi confinées, nous invitait à sortir.

Tenant l'enfant par la main, ou la suivant des yeux quand elle m'échappait pour attraper un papillon, ou pour cueillir une fleur, nous parcourions ainsi un assez long chemin : les petites jambes de cinq ans ne se fatiguent pas.

Un jour, nous revenions de Neu-Habsbourg, devenu depuis notre mariage, ma promenade favorite. Madeleine, empourprée par la course, décoiffée par le vent, grisée par l'air vivifiant que, pendant plusieurs heures, elle avait humé à pleins poumons, Madeleine rentrait au chalet quelques secondes avant moi. Lorsque j'arrivai, son père la pressait dans ses bras en la regardant longuement. Il me sembla voir une larme suspendue à sa paupière.

— Ma chère amie, me dit-il, après que l'enfant se fut éloignée pour aller retrouver ses jeux, ne voulez-vous point venir causer quelques instants ?

Sans attendre ma réponse, il m'emmena dans une allée ombragée déjà par la verdure naissante, et son bras passé sous le mien, la tête penchée sur mon épaule comme aux plus beaux jours

5

de notre vie commune, il murmura à mon oreille
ces quelques paroles :

— Bernardine, m'aimez-vous bien ?

Cette question faite ainsi me troubla un peu.

En douterait-il ? pensai-je.

— M'aimez-vous assez pour me pardonner une
irréparable faute ?

Et le pauvre homme se mit à trembler.

Je vous assure, monsieur, que j'étais moins
émue que lui. Comprenant par intuition que cette
faute, quelque grande qu'elle pût être, ne tou-
chait point à l'honneur, croyant simplement à
un embarras pécuniaire, je me hâtai de sourire
pour le rassurer.

Alors mon mari souleva peu à peu le voile que,
jusqu'à ce moment, il avait tenu abaissé sur
notre position, et bientôt je vis complètement le
désastre. Ce n'était pas, comme je l'avais pensé,
le gaspillage de quelques mille francs ; c'était une
ruine complète.

VII

Je ne vous raconterai pas les suites de cette catastrophe ; elles se ressemblent toutes en pareilles circonstances.

Nous avons vu s'éloigner beaucoup de nos amis ; le malheur nous en a fait connaître d'autres. Il fallut vendre notre chalet, nos voitures, nos chevaux, nos meubles de prix.

Quant à mon petit patrimoine, il était intact, et j'espérais qu'avec son modeste revenu, nous pourrions encore vivre heureux.

Mais il est des natures qui ne peuvent accepter la médiocrité. Celle de M. Eliçagaray était de ce nombre ; alors vinrent les souffrances.

Il souffrait tant, que la vie fut pour lui un fardeau. Obligé de rompre avec ses anciennes habitudes ; séparé des riens inutiles qui naguère tenaient une si grande place chez nous, les jours lui paraissaient sans fin. Il aurait voulu fuir son

pays, cacher sous un autre ciel sa misère relative,
qui pesait vraiment autant sur son cœur que sur
son esprit. Je crois, du reste, que sa détermination était déjà bien prise de quitter la Suisse.

Mais une autre préoccupation vint faire contrepoids.

Madeleine, à la suite de sa course folle en revenant de Neu-Habsbourg, se trouva malade, et depuis cette époque la chère petite dépérissait visiblement. Une toux presque continuelle et semblable
à un hocquet la fatiguait beaucoup. Sa gaité peu
à peu disparut, et une véritable prostration lui
succéda.

Etourdis par notre désastre, nous ne vîmes pas,
d'abord, combien grand était le mal : nous suppo-
sions un malaise d'enfant ; mais bientôt ce malaise
prit de telles proportions qu'il fallut bien arrêter
notre pensée inconsciente sur une affreuse réalité :
le danger.

Lorsque Madeleine ne se leva plus, son père et
moi transportâmes sa petite couchette à cette
place — dit Mme Eliçagaray, en désignant du doigt
un angle du salon où était appendu, formant
encoignure, un pastel de mi-grandeur, représentant une adorable enfant jouant avec des fleurs,

et, au-dessus du cadre d'ébène, une couronne de roses blanches mêlées d'immortelles, — et c'est là que nous l'avons vue mourir. Je dis mourir, puisque c'est l'expression consacrée, mais convíent-elle bien en parlant des anges?

Vous êtes jeune, monsieur; à votre âge on ne sait pas, on ne doit pas pleurer ; aussi, je ne vous dirai rien de l'horrible désespoir du père, et je me tairai sur ma douleur. . . . .

. . . .

Ce fut un essaim de petites filles, roses et blanches comme avait été Madeleine, qui vint enlever sa frêle dépouille. Elle, inanimée, partit pour le tombeau, au milieu de ce nuage vivant qui gazouillait un chant d'oiseau plutôt qu'un chant de mort.

Nous avons, l'un et l'autre, suivi l'ange qui partait.

Il y avait, le long de la route, des femmes échelonnées. Toutes, à la vue du convoi, étreignaient leurs enfants et se mettaient à pleurer. Les hommes saluaient le cercueil, nous jetant, au passage, un mot de pitié.

Ainsi que les compagnes de Madeleine, la cloche

et les prêtres ne touchèrent aucune note de la gamme triste. Nous n'entendions que des tintements joyeux et des hymnes d'allégresse. Mais, à un moment donné, la cloche ne sonna plus, les prêtres se turent, et une voix mélodieuse, que voilaient légèrement des larmes, laissa tomber dans le silence une admirable prière... C'était un chant divin, plein de deuil et d'espoir, c'était le Ciel qui s'entr'ouvrait.

Ai-je besoin de vous dire, monsieur, à qui nous devions ce suprême témoignage de sympathie? Non, car vous l'avez, certes, deviné.

Mlle X... ne s'en tint pas là. Vêtue de noir, admirablement belle sous ses crêpes de soie, elle vint avec nous au bord de la fosse, les mains pleines de fleurs. Puis, effeuillant le myrte et le romarin, elle en couvrit la terre sous laquelle on venait de coucher Madeleine. . . . .

. . . .

Fortune, bonheur, tout avait disparu pour nous! Demeurés seuls en face de la plus pénible des réalités, notre vie devenait comme un songe. Le passé, ce passé fait d'amour, de joies, de fêtes, ne se présentait maintenant à notre esprit qu'entouré

de je ne sais quelle brume qui rendait son souvenir presque insaisissable.

M. Eliçagaray n'avait pas été, dès l'enfance,
brisé au sacrifice ; il ne savait pas s'incliner devant
une force plus grande que la sienne et opposait à
la volonté suprême la révolte de la douleur.

Devant cette irritabilité, bien craintive je cachais
mes larmes, et autant que cela se pouvait, notre
quasi pauvreté.

Mais tout portait ombrage à ce cœur ulcéré. Ne
séparant pas, en son âme, ses deux douleurs : la
ruine et la mort de Madeleine, il tirait de la première de pénibles conséquences.

Il eût voulu que le tombeau de sa fille fût du
marbre le plus rare, et que des fleurs magnifiques
ornassent le coin de terre où repose notre enfant.
Aussi, la vue de cette modeste colonne brisée
autour de laquelle grimpe un simple lierre, cette
vue, dis-je, l'exaspérait davantage encore.

Et puis, mon mari n'était pas homme à demander au travail une diversion à ses peines, en
même temps qu'une ressource qui lui eût permis
de retrouver un peu de ce bien-être dont la perte
lui était si sensible. Du reste, l'existence qu'il
avait toujours menée n'en pouvait faire, à pro-

prement parler, ni un homme habile, ni un
homme sérieux. Aucune aptitude particulière ne
se révélant en lui, il se croyait incapable, plus
incapable encore qu'il ne l'était réellement.

Bientôt, entre nous naguère si unis, si heureux, s'établit une pénible contrainte. L'humeur
fantasque de M. Eliçagaray me faisait trembler:
j'en étais arrivée à ne plus chercher son regard,
car j'avais remarqué que ses yeux se détournaient
des miens.

Combien cet état de choses affligeait mon digne
tuteur!

Un jour que mon mari et moi suivions silencieusement la route qui mène au cimetière, et qui ne
mène que là, nous croisâmes l'équipage de Mlle X...
La cantatrice, à demi-couchée sur les coussins de
sa voiture, s'inclina en nous voyant passer. Elle
était bien belle sous sa toilette mauve garnie de
dentelles noires, et l'ombre que projetait sur son
visage l'élégante marquise qui la garantissait
contre les baisers brûlants d'un soleil d'automne,
donnait à sa physionomie un cachet étrange qui
devait être encore une attraction.

M. Eliçagaray se retourna pour regarder s'éloigner la voiture et étouffa un soupir.

Au cimetière, nous trouvâmes, entourant la colonne brisée, une guirlande de roses blanches : les fleurs étaient d'albâtre, les feuilles étaient d'argent.

Ainsi que certains breuvages amers et capiteux montent au cerveau de ceux qui les absorbent, et produisent cette ivresse malsaine de laquelle il résulte presque toujours de véritables malheurs, ainsi la position modeste de M. Eliçagaray, le silence de la maison dans laquelle ne résonnait plus la voix argentine de notre enfant, ce triste intérieur le rendit fou.

Il se persuada que désormais la vie commune devenait impossible, qu'il lui fallait fuir la réalité, les souvenirs, et par-dessus tout ne rien accepter de moi, parce qu'il ne pouvait plus rien m'offrir.

A ces arguments j'en opposais d'autres ayant bien aussi leur poids ; mais ils étaient d'avance rejetés, et ce que mon mari fit par désespoir, je le fis par amour... Un mois après la visite au cimetière, entre les mains de celui-là même qui avait reçu nos serments, nous venions, malgré les supplications et les larmes de M. Maré, récla-

5.

mer le bénéfice de la loi du divorce. Comme lui je basais ma requête, non seulement sur une incompatibilité d'humeur, mais encore sur une antipathie progressive. Vous le voyez bien, monsieur, moi aussi j'étais folle...

Cette démarche, ce crime au point de vue religieux et moral, ce droit que nous revendiquions de devenir adultères...

— Oh ! madame s'écria Henri en se levant comme pour protester, ceux qui profitent des bénéfices de certaines lois, ne sont point criminels.

— Allons donc, monsieur, vous époux divorcé, vous absolveriez votre femme, le jour où vous la verriez heureuse et souriante au bras d'un autre époux ! Quelle plaisanterie ! Devant son bonheur et sa joie, se dresserait inévitablement le souvenir de votre premier amour avouable et chaste, alors que vous donniez à la jeune fille, belle et pure, un cœur vraiment vierge, une confiance sans bornes, une affection sans limites. Croyez-vous qu'à celle qui saurait avoir, pour un autre, les mêmes sourires bien tendres qu'elle vous avait prodigués , croyez-vous, dis-je, qu'à celle-là, vous n'auriez pas le droit de jeter à la face le mot parjure !

Henri se rassit et devint très pâle.

— Ce bénéfice que nous invoquions, continua Mᵐᵉ Eliçagaray, n'était donc de notre part qu'un acte de démence.

Toutes les histoires touchant de près ou de loin à la grande question politique de 1809, dirent le désespoir de Joséphine, alors que l'Empereur l'eut répudiée. Quelques-unes trouvèrent outrée la manifestation des regrets de cette noble femme, passant la première nuit qui suivit son divorce à genoux au pied de la porte close de l'appartement de celui qu'elle n'avait plus le droit d'appeler son mari, étouffant ses soupirs, dévorant ses larmes ; mais moi qui ai traversé les mêmes heures d'angoisses, j'en connais la nature, et ayant éprouvé ce qu'éprouva Joséphine et ce qu'éprouvent toutes les femmes qui savent vraiment aimer, je puis affirmer qu'elle n'exagérait pas sa douleur.

Chaque soir, quand la nuit complètement suspendue sur la terre, noyait dans ses ombres les hommes et les choses, j'allais, moi aussi, errer autour de la petite maisonnette dans laquelle s'était retiré M. Eliçagaray, et là, je suivais du regard la lumière apparaissant tantôt à une fenêtre tantôt à une autre. Parfois j'entrevoyais sa

silhouette et je croyais l'entendre soupirer... Alors
je m'élançais pour pénétrer jusqu'à lui en criant :
« Me voici. » Mais dès le premier mouvement je
sentais mes membres se raidir, et sur mes lèvres
expirer les mots... La crainte me reprenait, me
paralysait : ne pouvait-il pas me dire : « Que voulez-vous ? je ne vous connais point... » Quand la
lumière s'éteignait, je rentrais ici, souvent couverte de neige, toujours transie par le froid,

VIII

Malgré les observations de mon digne tuteur,
seul ami que je consentisse à recevoir depuis
l'événement qui brisait mon existence, j'avais pris
le deuil de veuve. Mon esprit, mon cœur, ma vie
tout entière appartenaient à cet homme charmant,
dont je ne me rappelai que le dévouement et
l'amour, oubliant combien il me faisait souffrir.
Sans mesurer jamais l'étendue de mon sacrifice,
je vivais d'une pensée unique : *Lui.*

Au début de notre séparation, j'appris que M. Eliçagaray avait obtenu de faire la chronique du *Journal de Lucerne*. Cette position, quoique bien peu lucrative, devait cependant lui convenir plus que beaucoup d'autres, parce qu'elle le mettait en contact avec un milieu dont il aimait le caractère et les habitudes.

Son entrée dans le journalisme fut un événement pour la ville qui ne revenait pas encore de la surprise que lui avait causée notre divorce.

Les articles que fit le nouveau chroniqueur eurent un véritable succès, paraît-il. Il était pour le moment l'homme à la mode. Je les lisais, ces articles, tous plus frivoles les uns que les autres, et les trouvais de petits chefs-d'œuvre. Il est vrai de dire que M. Eliçagaray excellait dans l'art de narrer les riens.

Les choses se traînèrent ainsi jusqu'aux beaux jours. Mon isolement protégeait mon cœur contre les détails qui auraient pu le briser. Je ne savais rien des bruits du monde, je ne voulais du reste rien en savoir. Me complaisant dans l'âpreté d'une grande douleur, je partageais mon temps entre

mes pèlerinages la nuit, et mes visites au cimetière dès que l'aurore paraissait.

Comme je viens de vous le dire, monsieur, en
dehors de ce que me rappelait le passé, tout
m'était indifférent. Je lisais, il est vrai, la chronique du *Journal de Lucerne*, mais je n'apportais
aucune attention aux récits eux-mêmes; je ne
voyais que la manière dont ils étaient racontés.

Cependant, à la suite d'une représentation don-
née au bénéfice d'un artiste malheureux, mon
attention fut attirée par le nom de Mlle X..., qui
ce jour-là avait été, disait-on dans la ville, bien
au-dessous d'elle-même. Peu s'en fallut que le
public ne laissât tomber le rideau au milieu du
silence.

La nuit qui avait suivi cet échec, la lumière de
la maisonnette ne s'éteignit pas.

Le lendemain, tout Lucerne artiste et curieux
se jetait sur le journal.

L'article attendu si vivement sauva la réputa-
tion de la cantatrice. Adroitement combiné, non
seulement il parvenait à prouver que Mlle X...
était, quoi qu'en aient pu dire quelques ignorants,
demeurée à la hauteur de son talent, mais encore
que la société lucernoise lui devait des bravos et

des mercis. Sous le coup d'une émotion profonde,
causée par une mauvaise nouvelle, arrivée au
moment d'entrer en scène, la diva n'avait point un
instant hésité à chanter... L'actrice parfaite devenait femme sublime.

En une heure, tout Lucerne eut placé Mlle X...
sur le pinacle.

Le nom de la cantatrice si souvent tracé par la
plume enthousiaste de M. Eliçagaray, faisait
naître chez moi certaines pensées dont je ne
pouvais pas bien définir la nature. En le voyant
répété presque à chaque ligne de cet article
auquel elle allait devoir l'accroissement de sa
faveur, quelque chose me rappelait que celui qui
ne m'était plus rien, restait l'admirateur de
cette femme, riche, belle, entourée, et qu'un lien
bien puissant : la reconnaissance, allait lui attacher.

Puis, le souvenir des rapports éloignés et pro-
chains, que les circonstances avaient établis entre
nous, pendant l'année néfaste qui venait de passer
se dressait impitoyablement dans ma pensée. Pour
la première fois, je me comparai à Mlle X...

Hélas! le résultat de la comparaison fut navrant
pour moi; il me sembla ouïr, au loin, des voix

pleurantes prononcer le verdict de ma condamnation.

Alors, j'eus le vertige, et oubliant que le courage et la résignation font partie intégrante des devoirs imposés aux hommes, je m'abandonnai à une douleur plus amère encore, et, désormais, je vécus abîmée par une idée fixe. *Elle*.

IX

Vous avez certainement entendu parler d'un phénomène bizarre, que la science cherche quelquefois à expliquer sans y parvenir; que souvent aussi elle traite de charlatanisme, appelant menteurs ou visionnaires ceux qui prétendent voir au loin dans les temps, ou voir au loin dans l'espace.

Moi, humble femme, bien ignorante au sujet de ces questions spéciales, je me contenterai de dire que les natures affaiblies et nerveuses peuvent, je le crois d'une manière positive, être sujettes au développement de certains sens, développement produit par l'imagination et par le cœur, et je n'affirmerais point cette particularité si je n'en avais, par moi-même, ressenti les causes et subi les effets.

C'est ainsi qu'un jour, succombant à l'excès de la fatigue et des larmes, sans souffrance physique, sans mal accusé, je perdis le sentiment de ce qui se passait autour de moi.

Un grand calme se fit d'abord dans mon esprit. Je vis la campagne belle, reposée, déserte; le soleil briller, les fleurs s'épanouir. J'entendis les bruits confus de la nature, s'éveillant aux plus beaux jours, bruits semblables aux sons délicieux des harpes éoliennes. Puis, tout à coup, un vent âpre venant de la montagne souffla à travers les sapins et les mélèzes; les fleurs se penchèrent, l'ouragan gronda, devint terrible.

Au milieu de cette sourde tempête, une foule compacte, remuante et bruyante; des lanternes vénitiennes que la pluie éteignait à chaque instant et qu'on rallumait sans cesse; des chants de fête qui, parfois, se perdaient dans le bruit de l'ouragan, ce tout enfin semblait chercher à couvrir la grande voix de la nature murmurante et révoltée.

A un moment donné la foule s'écarta, et sur la route humide, glissante et noire, s'avança un équipage magnifique, suivi d'un grand nombre d'autres. Ils passèrent tous, sans doute, devant mes yeux, mais je n'en vis qu'un, le premier . .

. . . .

Dans sa course vertigineuse, il emportait au loin Mlle X...., radieuse sous un bandeau d'épousée. Près d'elle, un homme se penchait tendrement. Cet homme, monsieur, c'était mon mari! .

. . . .

Le cri que je poussai alors fut si aigu qu'il me réveilla. Sortie de cet état étrange, sommeil ou torpeur, qui dura je ne sais combien de temps, je me trouvai comme soulagée, me répétant, sans cesse, le dicton des pensionnaires : Tout songe est mensonge.

Était-ce un apaisement réel qui, après cette secousse, se fit en mon âme ou un apaisement factice dû à une extrême faiblesse? je ne sais; mais toujours est-il qu'un calme relatif suivit cette pénible crise et je me pris à moins souffrir, malgré une certaine inquiétude revenant sans cesse depuis que j'avais appris par M. Eliçagaray lui-même, qui

l'avait dit dans sa chronique, qu'il cédait sa place
à un autre.

Comment vivra-t-il? pensai-je.

Les visites de mon tuteur devenaient rares. Sa
santé affaiblie par les ans, altérée par le profond
chagrin que lui avaient causé mes épreuves suc-
cessives, ne lui permettait guère le trajet de Lucerne jusqu'ici. Je le voyais si rarement, que ses
longues absences finirent par me peser bien fort.
Enfin, il ne vint plus du tout, son médecin lui
ayant ordonné un repos absolu.

Alors, faisant appel à mon courage et à ma raison, je pris le parti d'aller jusqu'à lui : le digne
homme, malgré son âge et ses souffrances, était
bien venu jusqu'à moi!

Depuis le jour où fut prononcé notre divorce, je
n'avais pas consenti à revenir à Lucerne. Aussi
fallut-il la voix impérieuse du devoir qui com-
mandait, pour me faire retourner dans la ville témoin de ma faiblesse, de mon sacrifice, de ma
honte. Mais une fois ma résolution prise, je ne
voulus plus retarder davantage à me rendre près
de M. Maré.

C'était à la chute du jour et l'orage qu'on apercevait au loin menaçait de devenir terrible. Je

partis néanmoins. La route détrempée par la pluie rendait ma marche difficile, et le vent qui m'enserrait de ses invisibles et glaciales étreintes, manquait à chaque instant de me renverser.

A mesure que j'approchais de Lucerne, les lumières de la ville, rendues opaques par un épais brouillard, m'apparaissaient ternes et fumantes. J'entendais dans le lointain un mouvement inaccoutumé, des sons confus qui ressemblaient à des voix.

En ce moment je me rappelai mon rêve et frissonnai.

Les bruits se rapprochèrent, la foule arriva comme un flot, puis s'ouvrit, laissa passer l'équipage que j'avais vu en songe... et, comme dans mon songe aussi, il emportait Mlle X... et mon mari.

Je veux vous faire grâce, monsieur, des détails. Je ne vous parlerai pas non plus des suites de l'événement. Quelques mots seulement sur mon vénéré tuteur.

Ce dernier coup fut pour lui un coup mortel.

Après quelques jours de souffrance, il s'éteignit dans mes bras.

Je restai donc seule au monde.

Huit années avaient suffi pour creuser trois tombes autour de moi, m'enlever mon mari, le donner à une autre, briser toutes mes joies, toutes mes espérances.

Et croyez-vous, monsieur, que si la sublime et consolante pensée d'une autre vie, n'était pas venue se placer entre mon esprit et mon cœur, j'eusse reçu ces chocs successifs sans chercher à m'y soustraire? Si j'avais un instant douté de l'immortalité de ma pauvre âme endolorie, ne se trouvait-il pas autour de moi assez de précipices, assez de gouffres pour m'engloutir, me rendre au néant et cacher aux yeux de tous mon cadavre et ma faiblesse?

Cependant, il y a quelques jours à peine, dans votre Paris affolé, une poignée d'écrivains et d'orateurs, jetaient en pâture à la crédulité et à l'ignorance les plus hardis sophismes, se mêlant, par le fait, au peuple souverain, ivre d'orgie et de sang, qui cherchait à ravir aux malheureux leur seule consolation en déchargeant sa colère et sa rage sur les murs sanctifiés. Ce Dieu auquel les uns et les autres disaient ne point croire les effrayait sans doute... Et les insensés pensaient, peut-être, qu'en détruisant ses temples, en massacrant ses prêtres, ils anéantiraient cette puissance plus grande que le monde et arracheraient des cœurs croyants la foi qui non seulement conduit et soutient, mais encore la foi qui console.

Pourtant, malgré les efforts d'un peuple émeuté, tout est encore debout : Dieu, ses autels et la foi. Tout est resté pour servir de point d'appui au grand principe de l'autorité, à ceux qui souffrent, à ceux qui pleurent.

Et où pensez-vous donc que votre mère et vos sœurs cachent leurs larmes? N'est-ce pas à l'ombre de la croix où j'ai caché les miennes?

Maintenant, monsieur, laissez-moi vous dire en passant, et pour répondre aux doctrines de ceux que vous êtes tenté parfois de défendre, laissez-moi vous dire, après une femme, Mme de Staël, dont certes je n'ai pas toujours approuvé les principes métaphysiques, mais dont néanmoins je reconnais la supériorité incontestable, que « les plus belles époques de l'espèce humaine, dans tous les temps, ont été celles où les vérités d'un certain ordre n'étaient jamais contestées, ni par les écrits ni par les discours. Les passions pouvaient entraîner à des actes coupables, mais nul ne révoquait en doute la religion à laquelle il n'obéissait pas. »

Il y avait plus d'un an déjà que M. Eliçagaray, uni par les liens d'un second hymen, suivait comme un esclave docile sa radieuse compagne, dont il partageait la vie mouvementée et bruyante, quand la cantatrice qui venait de passer à Lucerne un long temps de repos signa un engagement avec un théâtre de Paris ; mais en attendant l'ouverture de la saison, elle allait un peu partout dans les principales villes de Suisse et d'Allemagne, lorsqu'elle était priée pour quelques représentations extraordinaires. Cette femme, quoique riche déjà, voulait le devenir davantage encore ; et puis la scène avait pour elle, comme pour beaucoup d'artistes de valeur, une puissance attractive à laquelle on ne résiste point.

Tout en ne connaissant pas dans ses détails l'existence de ce monde à part, je déplorais néanmoins l'aveuglement qui avait conduit M. Eliçagaray à épouser une actrice.

Le mari de ces femmes, presque toujours séduisantes, de ces femmes qui appartiennent au public plutôt qu'à la famille, le mari, dis-je, a, par la force des choses une position effacée : Il joue le rôle de comparse. Obligé de céder le pas et la place au flot d'admirateurs qui se presse dans les coulisses ou dans sa loge, il n'a jamais un sourire, jamais un mot pour lui seul ; il faut toujours le partager ce sourire, ce mot ; souvent même, lui qui a droit à tout, n'obtient pas un regard, pas une pensée.

Lorsque j'appris leur départ pour Paris, j'en ressentis un véritable soulagement. Persuadée qu'à un moment donné, M. Eliçagaray souffrirait s'il n'avait pas déjà souffert, j'étais presque consolée de savoir qu'il s'éloignait de moi. S'il pleure, me disais-je, au moins je ne le saurai pas.

Au moment où la veuve prononçait ces derniers mots, Mariette entra et lui remit une lettre que le facteur venait d'apporter.

— Vous permettez, monsieur, dit-elle aussitôt en brisant le cachet ; cette lettre est d'Emma, mon ancienne compagne au Sacré-Cœur, et elle porte un timbre de France.

Puis, toute tremblante, Mme Eliçagaray parcourut avec avidité l'étroite feuille de papier.

— Est-ce possible ?... Mais oui, ou je lis mal... Elle et sa fille sont en route pour Lucerne... Oh ! monsieur, vous me portez bonheur !

La veuve, les yeux brillants de larmes, le sou-

rire aux lèvres, tendit ses deux jolies mains à
Henri, qui les pressa bien fort.

— Vous ne sauriez croire, monsieur, combien
cette visite m'impressionne et me rend heureuse,
— continua Mme Eliçagaray après le premier moment donné à l'émotion.—J'avoue que, malgré les
projets dont elle m'entretenait dans chacune de
ses lettres, je ne croyais point à leur réalisation.
Comme moi, elle est maintenant sans famille,
c'est vrai... mais tous ses intérêts sont là-bas et
souffriront pendant son absence, qui sera longue
sans doute ; on ne traverse pas ainsi les mers pour
ne demeurer qu'un jour. Je vais connaître sa fille...
J'ignore si elle est belle. Suzanne a l'âge qu'aurait
Madeleine, c'est-à-dire dix-huit ans.

Après avoir ainsi prononcé bien des phrases
sans suite, la veuve se tut, et, absorbée dans la
pensée du moment, elle oubliait le jeune homme,
qui, lui, respectait son silence comme il avait res-
pecté sa joie.

Cependant, mais bien à contre cœur, Henri se
leva pour partir. Il comprenait que Mme Eliçagaray n'était plus maintenant disposée à reprendre
le récit interrompu et que, du reste, elle devait
avoir besoin de repos.

6

Son mouvement tira la veuve de sa rêverie.

— Pardon, monsieur, dit-elle, j'avoue que, tout entière à cette arrivée prochaine qui va teinter de rose ma vie si noire je vous avais oublié... et puis je me sens comme anéantie,.. je suis si peu habituée maintenant au bonheur.

— Aussi je me retire, madame, en vous demandant la permission de venir demain prendre de vos nouvelles... Ces dames ne seront probablement point encore là ?

— Oh ! non, monsieur, répondit Mme Eliçagaray en relisant la lettre restée ouverte, sur la petite table à ouvrage placée près d'elle. Emma parle de la fin de la semaine et nous ne sommes qu'à mardi... mais ne disiez-vous pas que vous alliez quitter le canton ?

— Rien ne presse, madame ; Sainte-Colombe est un hameau charmant, l'auberge du Bois-Touffu très convenable, et par dessus tout...

Il n'acheva point ; cependant la veuve comprit qu'il s'était déjà attaché un peu au pays, ne s'en étonna pas, et s'en réjouit au contraire, car elle avait confiance en cet homme qui était venu lui dire : Les autres savent combien vous êtes bonne ;

moi je voudrais savoir pourquoi vous avez tant
pleuré.

Henri quitta donc le chalet avec la permission
d'y revenir.

Selon son habitude, il marcha tout droit devant
lui, sans chercher à reconnaître sa route, pensant
à la vie éprouvée de Mme Eliçagaray, à sa douleur si profonde et si vraie, et se demandant ce
que pouvait être la fin de ce drame de l'âme dont
il ne connaissait qu'une partie.

Par un heureux hasard, ses pas le reconduisi-
rent au Bois-Touffu. Il y retrouva son hôte plus
empressé encore, dîna bien, fuma beaucoup,
pensa longuement à ses chères affections de
France ; puis, à l'heure où ordinairement chacun
s'abandonne au repos, il se mit à écrire, et quand
le lendemain le soleil apparut derrière la montagne, le jeune homme écrivait encore.

Henri Olivier était, nous l'avons déjà dit, profondément honnête. Seules, les mauvaises doctrines adroitement présentées avaient, en flattant ses
passions naissantes, fermé son cœur aux grandes
et saines idées qui étaient de tradition dans

sa famille. Eloigné maintenant du milieu em-
poisonné et empoisonneur dans lequel de dan-
gereux amis l'entraînaient naguère, il commença
à réfléchir et à s'interroger. Luttant avec son
imagination, chaque jour ses principes révolution-
naires perdaient de la force, du terrain ; les arguments commençaient à lui manquer. Au retour
de chez M$_m$ᵉ Eliçagaray, ils lui firent même complètement défaut. Le jeune homme ne s'avoua pas
ce commencement de défaite, mais poussé par un
sentiment qu'il qualifia de simple convenance, il
prit la résolution d'apprendre à la veuve du chalet ce qu'étaient les siens, ce qu'il était lui-même,
et comment, à l'heure présente, il errait de pays
en pays, cachant son passé et son nom.

Voilà ce qu'écrivait Henri Olivier pendant la
nuit qui suivit sa longue séance chez Mᵐᵉ Eliçagaray.

Et quand il fit jour pour tout le monde, que la
campagne remplie de lumière et de bruit, eut
étalé aux yeux du voyageur ses mille richesses,
un petit pâtre à la mine éveillée portait au chalet
un grand pli soigneusement fermé.

— J'ai lu votre confession tout du long... oh !
ne rougissez pas, c'est bien une confession, — dit

en souriant Mme Eliçagaray lorsque Henri fut introduit près d'elle dans le salon où la veille il était resté deux grandes heures; — elle ne m'a rien appris, c'est l'histoire commune à toutes les bonnes natures égarées.

— Mais, madame, j'ai pu commettre quelques fautes, errer sans doute; cependant soyez persuadée que mes opinions sont toujours les mêmes; si elles ont varié, ce n'est que dans la forme.

— Eh bien! alors j'ai mal compris, soit; laissons donc ces questions brûlantes, puisque sur cette route-là nous ne pouvons nous rencontrer. N'ayant aucun droit pour vous blâmer plus particulièrement, je vous abandonne à vos *grandes idées* et, pour peu que vous le désiriez, je vais reprendre mon récit d'hier où la chère lettre d'Emma est venue l'interrompre.

— Je n'eusse pas osé vous en prier, madame, mais puisque vous êtes si bonne.....

— Comme je vous ai pour ainsi dire imposé le récit des premiers événements de ma triste histoire, je vous en dois la fin...

— Ils partirent donc pour Paris vers les premiers jours de septembre, avec grand éclat de do-

6.

mestiques, de chevaux, de voitures. Ceci, du reste,
était bien fait pour charmer M. Eliçagaray, qui
aimait par dessus tout l'embarras qu'entraîne
inévitablement le luxe.

Dans les premiers temps de leur installation en
France, l'écho m'apportait quelquefois un peu du
bruit de leur vie ; puis, à un moment donné, je
n'en sus plus rien.

J'atteignis ainsi ma trentième année.

— C'est le cap des tempêtes — me dit un jour,
certaine jeune femme qui s'était petit à petit,
presque malgré moi, introduite dans mon intimité
et devant laquelle je n'avais jamais voulu pleurer,
la trouvant trop frivole pour comprendre ma douleur — et si vous consentiez à quitter cette figure
de *Mater dolorosa*, à vous coiffer à la mode, à
mettre sur vos joues un peu de rouge, je vous
assure que vous seriez encore un parti fort accep-
table.

Elle disait ceci, la pauvre étourdie, sans se douter de l'horreur profonde que m'inspirait une
telle pensée ; elle disait ceci avec une voix persuasive et caressante, trouvant tout naturel,

qu'un nouvel amour vînt remplacer l'amour ravi.
Il y avait tant de légèreté dans sa nature, elle
voyait si peu l'au-delà des choses, que je ne pouvais trop lui en vouloir, et maîtrisant mon émotion, je lui répondis :

— Lors même que mon cœur ne se rappellerait
plus, mes idées et mes principes s'opposeraient à
ce que je me considérasse comme libre.

— Mais vous ne pouvez vivre ainsi davantage,
toujours seule, sans personne à aimer. Et puis, le
monde·finirait par vous taxer d'originalité. Autant que possible, il ne faut pas donner matière à
causer.

— Le monde et ses jugements m'importent
peu... Mais, pour me parler ainsi, vous avez donc
oublié les premiers temps de votre hymen, quand
rougissante et frémissante, vous entriez dans la
vie d'épouse, vie pleine d'étonnements et de charmes; donnant sans réserve votre âme, votre jeunesse, votre beauté, à celui qui devenait la moitié de vous-même? Vous ne vous rappelez donc
plus ce que furent pour vous ces heures d'amour
sanctifiées par Dieu. ivresse du cœur qui ne s'é-
prouve qu'une fois? Vous ne savez donc point que
les baisers d'un époux ne sauraient ternir la cou-

ronne de la Vierge, à laquelle, au contraire, ils attachent un nouveau rayon : celui du bonheur ; ceux d'un autre la flétriraient . . . . . .

. . . .

Et il vous semblerait naturel que la femme qui a connu toutes ces joies que je dis, en rejette le souvenir ? Vous comprendriez qu'elle pût sentir renaître pour un autre l'amour déjà donné ? que l'épouse divorcée, sans regarder dans le passé, sans considérer l'avenir, abritée par une loi qui l'autorise à fouler aux pieds sa dignité et son honneur, accorde à un nouvel époux la place demeurée vide à son foyer, laissant ainsi tomber dans la fange de l'adultère sa chaste couronne ? Dites-moi plutôt, et ce sera vrai, que jamais vous n'avez arrêté votre pensée sur cette grande faute de nos législateurs, et avouez que ceux qui profitent de cette liberté rendue, ne le font que dans une heure d'aberration, moment de folie qu'ils ne tardent point à regretter.

Maintenant que vous connaissez mes sentiments, ma manière de voir, ne me parlez plus jamais, d'une chose qui m'est pénible et que je regarde comme une déplorable erreur. Sachez bien que je considère comme monstrueuse, la faute que commet la femme acceptant le bénéfice d'une loi immorale dont les suites sont, n'en doutez point, plus déplorables encore que celles résultant de ces unions coupables qui, par un reste de respect humain, ont au moins la pudeur de se cacher, tandis que les autres avouent sans honte la violation de leurs serments.. Pour les pauvres créatures qui n'ont pas su trouver dans le sentiment du devoir la force de ne point tomber, je n'ai que du dédain ; mais à celles qui, de sang-froid, et pour être à un autre, brisent les liens que la mort seule a le droit de rompre, trafiquant, profanant alors ce qu'il y a de plus grand au monde : le mariage, je lance l'anathème.

A partir de ce jour, je ne revis jamais la jeune femme qui n'avait su ni me deviner, ni me comprendre.

X

Cette rupture fut pour moi un véritable soulagement. Libre dans ma douleur, je m'y complai-
sais; mais cette vie, sans que j'y prisse garde,
devenait d'une effrayante monotonie.

Les jours, les mois s'écoulaient avec la même
uniformité pesante; seuls, les caprices de la
nature, couvrant de neige ou parant de fleurs le
tombeau de ma fille offraient une diversion à mes
regrets.

Parfois, lorsque la journée s'annonçait calme
et belle, je prenais un livre ou une broderie et
m'en allais dans le jardin des morts, passer
quelques heures près de la chère poussière de
Madeleine. Ces moments-là m'étaient doux. Seule
avec l'ange qui dormait son grand sommeil, je
me rappelais plus facilement encore, et les temps
heureux à jamais disparus se représentaient à

mon souvenir, dans toute la plénitude de leurs joies évanouies.

Un matin, absorbée dans mes rêveries, je regardais sans voir, l'admirable paysage qui m'entourait, et j'écoutais sans entendre la répercussion des blocs de neiges durcies qui, fondues par la chaleur du soleil, s'échappaient du sommet de la montagne et roulaient le long des glaciers. Tout à coup, une forme humaine apparut devant moi; cette forme, que je pris d'abord pour une vision, semblait s'être détachée de mes rêves afin de rendre mon illusion plus complète.

Émue, tremblante, me sentant mourir, j'appelai à mon aide toutes mes facultés. Je voulus parler, interroger... la voix s'éteignit sur mes lèvres. Bientôt mes yeux se couvrirent d'un voile, et je tombai inerte dans les bras de mon mari, près de la pierre qui recouvre notre enfant.

Oh! puisqu'il avait voulu me revoir, c'était bien là que nous devions nous retrouver. Désunis par les hommes, la loi nous défendait de reprendre la vie où nous l'avions laissée, mais il nous restait l'amitié, et c'est au nom de ce sentiment que nous pouvions avouer tout haut, qu'il venait me demander de pardonner.

Alors, au milieu de l'imposant silence des tombeaux, à l'ombre de Madeleine, nos mains unies et nos âmes confondues, j'écoutai le récit de bien des souffrances.

Les joies de son second hymen furent, paraît-il, de bien courte durée. Je ne vous dirai pas les détails navrants de cette existence qui, à peine commencée, devint un long martyre. Confidente des douleurs de l'époux malheureux, qu'on ne compta plus dès qu'il eut élevé jusqu'à lui la comédienne, je garderai le silence sur des faits intimes qui, du reste, ne vous apprendraient rien sans doute, car de temps en temps les tristes suites de ces unions mal assorties sont mises au grand jour.

Ces suites, vous savez combien la société les redoute. Quatre-vingt-dix-neuf fois sur cent, ces alliances accomplies voient sombrer la dignité de l'homme qui a donné son nom en retour d'une fortune. De là se produisent des misères regrettables, dont s'occupe impitoyablement le public ; des procès scandaleux dont se saisit la presse, grande et petite, et qu'alors les journaux relatent sans en omettre un détail, un mot, ne comptant pour rien la peine qu'ils causent à ceux qui, par la force des choses, sont obligés de dérouler aux

yeux d'un tribunal, le tableau de leur douleur et
de leur déshonneur.

Ce dernier cas ne fut point cependant celui de
M. Eliçagaray. Voyant son autorité complètement
méconnue, sentant enfin qu'il n'avait jamais été
aimé, il s'éloigna sans bruit de celle qui, pour obtenir le titre convoité d'épouse, s'était faite la plus
adroite· des sirènes, fuyant ainsi les scènes dou-
loureuses qui mettaient l'enfer dans son triste
milieu. Néanmoins, mû par un sentiment qu'il ne
savait pas lui-même définir, il regarda souvent
derrière lui, laissant son adresse partout où il
passait..... Mais ce fut peine inutile, on ne le rappela point. Son départ dut au contraire être
joyeusement fêté, car, au moment même où M.
Eliçagaray franchissait la frontière, il apprit, par
une de ces petites feuilles indiscrètes, comme il y
en a tant en France, que celle qu'il aimait sans
doute encore, venait de s'embarquer pour les
États-Unis. Elle était accompagnée d'un riche
Anglais qui, depuis quelque temps déjà, envoyait
chaque matin à la diva de magnifiques bouquets,
sur lesquels la main prodigue du Nabab semait
des diamants aussi nombreux que les gouttes de
rosée que l'haleine de l'aurore dépose sur les fleurs.

7

Les ténèbres étaient presque complètement descendues sur la terre, et mon pauvre ami parlait encore, et moi je l'écoutais toujours. Il fallut pourtant nous quitter. Lui, se dirigea vers la maisonnette autour de laquelle j'allais errer la nuit, alors que la loi venait de briser les liens sacrés de notre mariage; moi, je rentrai ici bien émue, mais ivre d'un bonheur sans nom à la pensée de son retour.

Puis chaque après-midi le revoyait assis à cette place où vous êtes. Il venait se rappeler et causer pendant quelques heures.

Mais cette vie, à laquelle nous nous étions si bien faits, fut de courte durée. Sa santé, ébranlée par les chagrins et les veilles prolongées, s'affaiblit visiblement. Les belles boucles de sa chevelure noire se décolorèrent à vue d'œil; son regard naguères si brillant perdit peu à peu de sa vivacité et devint atone; ses forces diminuèrent : Il était impossible de s'illusionner, la mort venait et venait vite.

Un jour, ses forces le trahirent complètement. Il ne put retourner à la maisonnette et demeura ici.

On dut le porter dans sa chambre d'autrefois.

Malgré son extrême faiblesse, il sourit à cet ensemble qu'il reconnaissait, et salua ce tout, comme
des amis retrouvés.

La nuit passa, et bien triste fut pour moi la
veillée. Plus triste encore fut le matin, car au
moment où les premiers rayons du soleil filtraient
à travers les jalousies fermées, mon pauvre ami,
après avoir posé ses lèvres glacées sur mes mains
brûlantes, ferma doucement les yeux et ne les
rouvrit plus.

J'étais veuve...

En prononçant ces derniers mots, la voix de
Mme Eliçagaray atteignit les notes les plus basses
du diapason. On devinait des larmes qui pourtant
ne coulaient pas, et ses yeux demeurés secs, se
portèrent avec une fixité étrange sur les yeux
humides d'Henri; et celui-ci, ne pouvant soutenir
ce beau et ferme regard, abaissa ses paupières.

Un profond silence succéda à cette douloureuse
histoire, silence presque solennel et ne compor-
tant pas de gêne. Il semblait qu'un besoin de recueillement se fît sentir, et pour celle qui avait
comme imposé son récit, et pour celui qui l'avait
si religieusement écouté.

Après un certain temps, Henri se leva, dit quelques phrases polies et s'éloigna, emportant au fond de son cœur un sentiment jusqu'alors inconnu et qui laissait bien loin, derrière lui ceux qu'il éprouvait naguères, quand ses amis politiques développaient avec emphase les idées réformatrices destinées à refouler profondément les idées généreuses.

XI

Quelques jours plus tard, le chalet de Mme Eliçagaray prit un riant aspect. On allait et venait dans l'intérieur de la maison. La diligente Mariette n'avait plus le temps de filer.

Parfois le son d'un piano uni à une voix jeune, claire et sonore arrivant jusqu'à la route, attiraient l'attention des promeneurs et des passants ; parfois aussi promeneurs et passants regardaient une jeune fille butinant sur les fleurs des parterres. Cette jeune fille portait une robe de mousseline d'une blancheur et d'une transparence extrêmes,

à travers laquelle les teintes mates de ses bras
et de ses épaules s'apercevaient comme le bleu
du ciel se devine, lorsqu'au printemps les brumes
du matin estompent son azur. Ses cheveux d'un
noir de velours, plantés bas sur son front, tom-
baient en larges tresses le long de sa taille flexible
et bien cambrée. A son cou, à ses poignets, des
lacets de soie noire ferrés d'argent, donnaient à
cet ensemble un grand cachet de distinction.

Suzanne, car c'était elle, avait des yeux énormes qui voyaient loin. Habituée à contempler les
horizons sans fin de son pays natal, l'espace manquait à sa vue; aussi son regard semblait-il vouloir transpercer les montagnes pour chercher au
delà. Sur ses lèvres un peu minces courait toujours un sourire. Il y avait chez cette jeune fille,
à laquelle la nature bizarre s'était plu à donner
un type juif, et de l'enfant et de la femme. Belle,
selon les uns, étrange selon les autres, tous se
sentaient attirés vers elle, car si l'ensemble de sa
personne trahissait l'esprit d'indépendance qui
est le fond du caractère américain, il révélait en
même temps une grande intelligence et une extrême bonté.

La réunion des deux veuves avait été pour l'une

et pour l'autre une joie extrême. Il leur semblait retourner en arrière, alors qu'élèves du Sacré-Cœur elles ne connaissaient pas la vie; seule, la gracieuse vision d'aurore et de printemps qui se glissait entre elles, les rappelait au présent.

Tandis qu'une gaieté relative animait le chalet de Mme Eliçagaray, une sombre mélancolie s'em parait d'Henri, qui, par discrétion, ne retournait pas chez la veuve. Habitué maintenant au magnifique spectacle des glaciers immenses, des chutes d'eau grondantes, des torrents impétueux, cette belle et incomparable nature de la Suisse n'ayant plus pour lui l'attrait de la nouveauté, devenait, par le fait de son humeur chagrine, d'une effrayante monotonie.

— De l'eau sous toutes les formes, pensait-il, et toujours de l'eau.

Pourtant, de ce hameau de Sainte-Colombe, un des plus ravissants coins du canton, il voyait chaque jour un spectacle nouveau, composé, il est vrai, des mêmes éléments, mais qui, semblable aux effets produits par le kaléidoscope, présente au regard mille variations plus belles les unes que les autres, ayant pour point de départ les nuages sortant de terre et descendant du ciel. Ces nuages se confondant ou se détachant des vallées, des montagnes, des glaciers, forment des masses énormes que parfois on croirait solides, et qui bientôt, n'apparaissent plus que comme des traits de pastel, changeant ainsi de forme et de couleur, selon que le vent les concentre ou les divise voilant tout à fait le soleil ou ne cachant pas entièrement sa splendeur.

Puis, quand arrive un certain moment du jour, alors que cette nature bizarre et tourmentée rêve quelques révolutions soudaines, tout son ensemble noie dans le clair-obscur, que seuls les pinceaux de Corrège et de Van Dick surent reproduire, ses admirables décors.

Ces merveilles passaient maintenant inaperçues pour l'exilé. Ne sachant comment tuer le temps, il écrivait des volumes à sa mère, à ses sœurs, puis se grisait de souvenirs, se berçait d'espérances et trouvait encore les journées sans fin.

Quelquefois, il se rendait à Lucerne, que les étrangers commençaient à déserter, chassés par la froide haleine de l'automne. Le jeune homme y allait et venait comme un corps sans âme, appuyant de temps à autre sa figure ennuyée sur les vitres des magasins, ou visitant les musées et les bibliothèques, dans lesquels il passait des heures entières.

Quelquefois aussi, explorant les alentours, il allait s'asseoir non loin du mont Pilate, ce composé de forêts, de ruines, de prairies, de rocs, de chalets et d'eau glacée. Là, tout en regardant s'envoler la perdrix blanche, il se rappelait, les unes après les autres, les légendes qui s'attachent à ce nom maudit du préfet romain ; écoutait retentir la trompe des Alpes, lorsque bergers et voyageurs, arrivés jusqu'en haut, essayaient d'en sonner, et en contemplant cette grande bande de nuages couvrant la cime de Pilate, comparée jadis à un chapeau, moitié rieur, moitié songeur, il redisait, après tous les Lucernois, ce vieux proverbe :

Quand Pilate a mis son chapeau,
Le temps sera serein et beau.

XII

Par un jour du mois de septembre, Mme Eliçagaray, son amie, et cette gracieuse fille, la
fauvette du chalet, arrivaient sur les bords du
lac qui, en ce moment, était magnifique. Il semblait vouloir se faire superbe pour écraser aux
yeux des étrangères, ses rivaux du grand pays
de l'indépendance.

Les promeneuses, tout en côtoyant la rive,
établissaient des comparaisons entre les beautés
des continents, chacune parlant avec une chaleur
de conviction née du patriotisme.

L'enthousiaste Suzanne vantait les plaines immenses de la Louisiane et les bords enchantés de
ce Mississipi, sorti, lui aussi des lacs, et courant
pendant plus de mille lieues escorté d'incompa-
rables vallées et des plus riches coteaux, vraies
féeries que les cataractes de Saint-Antoine rendent
plus merveilleuses encore.

7.

Sa belle voix timbrée à l'accent britannique, vibrant dans le silence, jetait aux échos du chemin l'expression de ses ravissements.

Le son de cette voix si sympathique, qu'elle eût attiré le vieillard aussi bien que l'enfant, arriva jusqu'à Henri, qui, pour promener sa mélancolie et fuir le monde, suivait lentement, et sans trop savoir où il allait, un petit sentier que dérobait aux regards une double rangée de jeunes sapins.

S'arrêter, écouter, regarder, fut pour lui l'affaire d'un instant. Suspendant sa marche, prêtant l'oreille, il écarta sans bruit les branches de l'arbre résineux, juste au moment où passaient les trois femmes. Alors il distingua très bien Mme Eliçagaray, dont le bas de la longue robe noire abaissait le gazon; Mme Will, cette Américaine à la démarche imposante, au port de reine, puis Suzanne, portant sur sa robe de mousseline un burnous multicolore en cachemire des Indes, dont le fin et souple tissu la protégeait contre les morsures de l'air, sans dissimuler entièrement sa taille charmante.

Quand elles furent loin et qu'Henri ne les vit plus, il abandonna son poste d'observation, et lui aussi continua sa route.

— Comme ces femmes sont heureuses! pensa-t-il.
Puis il rentra pour écrire à sa mère.

Ce jour-là sa lettre fut celle d'un sceptique.

Le lendemain, il en écrivit une autre, dans laquelle il la suppliait d'aller se jeter aux pieds du
chef de l'État pour obtenir son pardon.

La réflexion aidant, cette épître insensée ne
partit point.

La nuit suivante, ne pouvant saisir le sommeil
qui fuyait, il lut jusqu'au matin un mauvais roman de France qu'il avait acheté à Lucerne.

Vingt fois, il fut sur le point de fermer le livre;
cependant comme il espérait que la monotonie
du sujet, et les fautes d'orthographe dont chaque
page était émaillée, finiraient par l'endormir, il
ne jeta pas le volume, et avala cette prose détes-
table jusqu'à la dernière ligne.

— Eh bien! moi, je vais en faire un roman qu'on
lira tout du long, et qui, je l'espère, ne produira
pas sur mes lecteurs l'effet narcotique de celui-ci.
Il y aura de tout dans mon ouvrage, et de la politique et de l'amour. J'y développerai des idées
nouvelles, hardies peut-être, mais certainement

généreuses; quelque chose d'attachant, d'étincelant; j'expliquerai qu'en politique et en amour...
Enfin, je m'étendrai sur ces deux questions.
Nous sommes précisément à l'époque où on célé-
brait chez les anciens Israélites la fête des Trom-
pettes. Je vais m'attacher à ce souvenir. Mon roman commencera le premier jour du tizri. J'ai eu
de tout temps pour les mœurs juives une grande
attraction. J'aime leurs fêtes symboliques et pa-
triarcales, leurs longs jeûnes, leurs grands par-
dons. Et puis, ces jeunes filles qui font penser à
la Judée d'autrefois, dont l'image ne se sépare pas
des assemblées du Jombachipour, ces jeunes filles
m'inspireront.

Ne trouvez-vous pas qu'en ce moment Henri
était un peu fou?

Cependant, petit à petit, et pour quelques instants, le calme revint dans ce cerveau bouleversé.
Alors le jeune homme fredonna, avec insouciance
un air populaire. Ne voulant pas sortir, il se mit
à la fenêtre, regarda s'enfuir vers d'autres climats
les hirondelles, ces jolies frileuses, qui ne sauraient vivre sans chaleur et sans soleil; puis,
longtemps et tout songeur, suivit des yeux la ca-
pricieuse fumée de son cigare, à travers laquelle

il voyait peut être une Lia blonde et rose, ou une Rachel aux cheveux noirs et au teint cuivré.

Mais nous lassons vite notre esprit en lui soumettant des pensées incohérentes et trop nombreuses. Le cerveau de l'homme qui les admet, par ordre, dans une certaine mesure, se fatigue aisément lorsque disparaît l'harmonie des idées et qu'on lui en impose de multiples. Quelque développées que puissent être les facultés, elles ont des limites, et, vouloir aller au-delà est impossible. Il arrive donc un moment où l'intelligence a des courbatures, et réclame impérieusement le repos, tout comme l'ouvrier exténué qu'un labeur trop prolongé cloue sur son grabat.

Cette position était celle d'Henri. Depuis quelques heures, le pauvre garçon avait tant torturé son imagination, que de songe-creux, il ne devint plus rien, et, s'abandonnant à une complète inaction de l'âme, succomba enfin au sommeil.

Le calme de la nuit suffit pour rasséréner le jeune homme. Une fois maître de la folle du logis, il se rappela ses divagations, et sourit de pitié, en songeant à ce roman hébraïque qui devait, selon lui, ravir et convaincre le monde entier.

XIII

Il en était là de ses réflexions quand un bruit confus de voix arriva jusqu'à lui. On parlait fort, on riait haut. La salle de l'auberge, qui donnait immédiatement sous sa chambre, semblait remplie de monde, à en juger par le tapage qu'on entendait. Dans le premier moment, le jeune homme crut à une rencontre de fromagers; mais bientôt, en prêtant davantage l'oreille, il s'aperçut que l'assemblée d'en bas n'était autre chose qu'une réunion de Français.

— Il y en a donc partout, de ces malheureux? — se dit Henri, qui déjà plusieurs fois, depuis qu'il était en Suisse, avait fui le contact de ces réfugiés politiques, dont, tout en condamnant les actes, il partageait cependant les idées. — Ce sont, à n'en point douter, des frères et amis, comme ils s'appelaient alors, quand Paris était à eux et au pétrole. Dieu veuille que, parmi ces fanatiques, aucun ne me connaisse. En tout cas, il est toujours

prudent de m'en aller jusqu'à ce soir. Ces hommes
me font honte, je ne veux pas les voir.

Il sonna. Une servante parut aussitôt.

— Montez-moi immédiatement une tranche de
jambon et une tasse de thé, je vais sortir.

Quelques instants plus tard, le jeune homme,
après avoir déjeuné, rassemblait à la hâte ses
crayons, ses esquisses, son album, et prenant un
léger pliant en tapisserie, que ses sœurs lui avaient
envoyé pour sa fête, il quitta l'auberge, non sans
jeter, en passant dans la salle qu'il était obligé
de traverser, un regard dédaigneux sur ses coré-
ligionnaires, qu'à leur tenue il n'avait pas tardé à
reconnaître positivement.

Quelques secondes lui avaient suffi pour découvrir dans le groupe des buveurs, assemblage de
barbes incultes et de cheveux longs, le pâle em-
baucheur parisien, pauvre être avili par tous les
vices; le tripotier, ce type à part, qui profite des
désordres politiques pour voler davantage, et
vendre son âme au diable pour un écu de six
livres; l'homme dévoyé, qui dépense sa belle intelligence à poursuivre une utopie, à la réalisation de laquelle il sacrifie ses affections et sa
jeunesse.

Henri n'eut pas plutôt gagné la grand'route, qu'il imprima à sa marche une vive allure et, sans s'inquiéter du but, il alla tout droit devant lui, ne se retournant point, ne s'arrêtant pas. Il craignait tant d'être rejoint !

Son léger bagage ne pesait rien sur ses épaules; plus lourde de beaucoup était sa pensée. En revoyant ces hommes pour lesquels, quatre mois auparavant, il avait tant d'indulgence, un profond dégoût s'empara de lui.

— Ils sont plus mal encore ici qu'à Paris, se dit-il, ou est-ce donc moi qui ne les comprends pas de même ?

Le jeune homme marchait depuis longtemps déjà, quand il arriva dans un grand hameau, situé au centre d'une vallée, qu'il ne connaissait point.

Par la fenêtre ouverte d'un modeste châlet il entendit sonner l'heure de midi. Le chant d'un coucou de carton, sortant au moment donné d'une de ces petites horloges en bois sculpté comme il s'en fabrique beaucoup dans la forêt Noire, l'annonçait joyeusement. Trouvant alors qu'il était assez loin, Henri s'arrêta pour faire halte.

Les habitants de ce hameau s'inquiétèrent peu du nouvel arrivé. Ils allaient et venaient avec une anxiété remarquable. Les uns faisaient rentrer leurs troupeaux, les autres engrangeaient les derniers grains coupés. Les enfants et les vieilles femmes appelaient les jeunes couvées pour les mettre à l'abri.

— A l'abri de quoi? se demandait Henri.

Le temps était superbe, pas un nuage au ciel, pas le plus léger vent.

Il crut alors à une habitude quotidienne, ne s'en préoccupa point davantage.

Ne trouvant pas le pays assez varié pour en faire un croquis, il reprit sa route.

A peine un kilomètre plus loin, le jeune homme arriva dans un lieu charmant qu'encadraient de gigantesques sapins, une admirable chute d'eau, une forêt édition diamant, dont le feuillage, déjà touché par la bise d'automne, avait des reflets d'airain de Corinthe, qui faisaient ressortir davantage encore la blancheur de la neige, étalant à l'horizon sa nappe immaculée, et enfin le Rigi, cette colossale et riche montagne aux prairies magnifiques chargées de nombreux troupeaux.

Une demi-heure plus tard, sur l'étroite feuille

de l'album, le pastel avait déjà retracé les sapins,
la chute d'eau, les arbres, la montagne, et Henri
ne pensait plus à l'incident du matin.

Mais bientôt, des bruits semblables à ceux du
tonnerre, alors que l'orage est terrible, réson-
naient dans le silence de la campagne, et pourtant le soleil y brillait encore. Henri croyait rêver.
Il n'était certes pas poltron, mais il eut peur,
et ses craintes redoublèrent, lorsqu'il vit au loin
se détacher des neiges qui aussitôt couvrirent le
sol, puis se soulever en masses énormes, sous
la puissance du vent qui venait de s'élever tout à
coup. Il n'y avait plus à en douter, c'était l'annonce de la *lavange* que pressentaient, une heure
auparavant, les paysans du hameau voisin.

Elle arriva, en effet, grondante et formidable.
Des torrents de neiges fondues, charriant de la
terre et des morceaux de roche, suivirent de près
l'eau cristallisée. Senblable à une mer montante
et courroucée, chaque instant rapprochait le
danger.

Le jeune homme cherchait vainement autour de
lui un abri, un refuge.

Seul un vieil arbre lui tendait ses bras morts. Il y grimpa de son mieux, et de là assista au passage de la *lavange*. Furieuse de rencontrer des obstacles sur son chemin, elle ébranlait les plus forts, entraînait les plus faibles, roulant ainsi, jusqu'au milieu des plaines éloignées, non seulement la terre et les pierres, mais encore des sapins, des mélèzes et des huttes de bergers.

Enfin, un calme relatif succéda à cette révolution de la nature ; mais ce calme se faisait sur des ruines. Là où le sol présentait quelques heures auparavant une surface unie et gazonnée, s'étaient creusés des ravins. Les arbres déracinés et brisés jonchaient la route; des débris de toutes sortes poussés par le torrent et arrêtés par des obstacles s'amoncelaient, formant monticules. Le soleil, encore magnifique, quoiqu'à son déclin, paraissait contempler cet ensemble, et ses rayons éclatants ainsi que des flèches d'or, perçaient les terres et les eaux.

Henri avait quitté le vieil arbre son sauveur. L'album, les dessins, le pliant n'existaient plus, la débâcle s'était fait un jeu de leur faiblesse. Le jeune homme n'y songait même pas, préoccupé qu'il était de retrouver sa route après un tel bou-

leversement. Presque inquiet, cherchant à s'orienter, il hésitait quand des cris prolongés attirèrent
son attention.

XIV

Certes, ces cris étaient un appel, mais de quel
côté appelait-on ?

Il regarda d'abord autour de lui, puis s'engagea
jusqu'au milieu d'un sentier en pente qu'il remonta
presque aussitôt, la voix se rapprochant dans une
autre direction : cette voix était aiguë, stridente.

Pressentant quelque détresse, il allait se diriger
vers l'endroit d'où semblaient venir les cris, quand
une jeune fille apparut tout à coup.

Elle sortait d'un épais taillis aux branches duquel était restée une partie de ses vêtements et de
sa chaussure.

Aussitôt qu'elle aperçut Henri :

— Oh ! par pitié, monsieur, je vous en conjure
aidez-moi, — dit-elle d'une voix brisée. — Ma mère,
et notre amie sont sans doute englouties par la

lavange que nous n'avons pas vu venir et qui s'est jetée sur nous. J'ai appelé, elles ne m'ont pas répondu, et je suis accourue jusqu'ici sans savoir ce que je faisais.

Puis la pauvre enfant, joignait les mains dans une mortelle angoisse, et le désespoir se peignait sur ses traits bouleversés.

Henri, tout ému de cette douleur dont il comprenait l'étendue, ne sachant que tenter pour répondre à cette navrante prière, allait et venait autour de Suzanne qui, elle, cherchait à s'orienter ; mais hélas ! ses forces la trahissaient à chaque pas.

— Voyons, Mademoiselle, dit respectueusement et presque tendrement Henri, interrogez votre mémoire et tâchez de me donner quelques renseignements. Je ne puis vous être utile qu'à cette condition là. D'abord, appuyez-vous sur moi, vous ne pouvez marcher seule.

Et, sans attendre une acceptation ou un refus, il prit le bras de la jeune fille et le passa sous le sien.

— Nous étions arrêtées là-bas, là-bas, tout près de la montagne, — commença-t-elle d'une voix que l'émotion rendait presque rauque, — à cet endroit même où vous voyez ce gros bouquet de mélèzes,

dont les pieds, maintenant baignent dans l'eau. Ma
mère et notre amie, voulant y demeurer une grande
heure, attachèrent leur monture ; moi, préférant
aller plus loin, afin de cueillir quelques fleurs, je
poursuivis de ce côté — et elle désignait une petite colline boisée. — Ma mule, douce et patiente,
me suivait docilement, lorsque se fit entendre le
bruit et que se détachèrent les premières neiges.
Je voulus alors me hâter de regagner les mélèzes, mais ma monture refusa d'avancer. Je n'a-
vais donc plus d'autre ressource que de me cram-
ponner à un arbre. Les flots de boue et de pierres
sont alors arrivés. Entre chaque rafale, j'écoutais
si je n'entendais pas la voix de ma mère ; l'ouragan couvrait sans doute ses cris, et moi je ne
pouvais rien voir, car les tourbillons m'aveu-
glaient. Lorsque la tourmente fut un peu calmée,
je regardai autour de moi, mais je ne vis plus
personne ; les mules mêmes, y compris la mienne,
avaient disparu. Maintenant où est ma mère, où
est notre amie ? Quelle mort me les a enlevées ?
Est-ce l'eau qui les a englouties, est-ce la pierre qui
les a brisées ? Venez, monsieur, venez s'il faut
qu'un horrible malheur soit arrivé, je veux quand
même les retrouver.

Suzanne, les yeux hagards et sans larmes, la poitrine haletante, entraîna Henri du côté des mélèzes.

Elle faisait pitié à voir, la pauvre fille, arpentant les terres bouleversées et heurtant de ses pieds presque nus, les morceaux de gypse et de roche qui avaient roulé jusque dans la plaine.

A mesure qu'ils avançaient l'un et l'autre, Henri, morne et consterné, Suzanne affolée et remplissant l'air de ses appels déchirants, à mesure le silence devenait plus profond autour d'eux. On n'entendait rien, rien que le cri des oiseaux de proie, tournant autour de quelques brebis noyées par la lavange.

Enfin, ils arrivèrent au bouquet de mélèzes, mais, en effet, aucune trace humaine n'apparaissait.

— Restez ici, mademoiselle, hasarda Henri, vous voyez bien que vous ne pouvez point marcher, et puis seul, j'irai plus vite et plus loin, comptez sur moi... mais...

— Mais n'espérez pas, allez-vous dire... Oh ! c'est affreux, affreux... Non monsieur, non, dussé-je mourir en route, je vous suivrai partout.

Le jeune homme vit bien qu'il n'y avait pas de
lutte possible, aussi n'insista-t-il point. Sans con-
sulter sa triste compagne, il prit le premier chemin
venu et Suzanne le suivit en gémissant.

Les ténèbres de la nuit étaient presque complètement descendues sur la terre; aucune voix ne
répondait à leur voix. La pauvre enfant arrivait
au paroxysme de la douleur.

Loin, très loin apparaissaient quelques lumières,
semblables à des étoiles perdues dans le ciel pendant
une nuit sombre : elles marquaient les chalets.
Dans l'air le son des cloches chantant l'*Ave Maria*
annonçait la chute complète du jour.

A ce bruit sonore de l'airain jetant dans la
campagne qui commençait à s'endormir sa gamme
languissante, la jeune fille se tut et s'arrêta. N'entendant plus ni gémir ni marcher, Henri se retourna.

Suzanne alors le rejoignit et s'emparant de la
main de cet homme inconnu qui avait généreuse-
ment consenti à l'aider dans sa triste course :

— Monsieur, dit-elle, entendez-vous cette cloche
qui vibre dans l'espace? Mais elle me rappelle ma

foi. Au nom de tout ce que vous avez de plus cher au monde, je vous en conjure, prions ensemble pendant un instant. Que la Vierge sainte qui, à cette heure, se penche vers la terre, pour compter et bénir les malheureux, me prenne en pitié.

Puis, la pauvre enfant, sans abandonner la main de son compagnon, s'agenouilla sur le bord argileux d'un sillon creusé par la *lavange*.

XV

L'émotion d'Henri fut extrême, et tout le temps que dura cette prière, un siècle lui sembla-t-il, les pensées se heurtaient dans son cerveau. En face de cette foi profonde, de cette foi si pure, il eut comme un remords de ses doutes affichés, qui naguère faisaient tant souffrir les siens. Oubliant pendant cette longue minute, et où il était, et le but douloureux de sa course, il se rappela les touchantes légendes d'un lointain passé, consolantes espérances de la Vierge promise, légendes qu'on retrouve dans tous les pays et qu'avec plaisir il lisait autrefois.

Alors passèrent rapidement dans son esprit les images chastes et charmantes de la nymphe, Lhamoghiuprul mère du dieu Fô, la plus belle et la plus sainte des femmes, qui ne fût jamais que fiancée; celle de la mère de l'empereur Hoang-Ti, ce fils du ciel conçu par la lueur d'un éclair; celle de Yao, que féconda un rayon d'étoile; puis, le chef de la première dynastie chinoise, qui avait dû la vie à une perle tombée du ciel dans le sein d'une jeune fille; puis, Sching-Mou, la déesse aimée du Céleste-Empire, ne connut-elle pas la maternité au simple baiser d'une fleur des eaux ? Puis, enfin, Marie, vérité sublime ébauchée dans le lointain des âges, tradition antidiluvienne qui résista à l'action des temps et que nous retrouvons dans presque toutes les théogonies. Il la revoyait, alors, cette céleste image, reproduite par les rois de la peinture : *la Vierge à la chaise,* ce chef-d'œuvre de Raphaël ; *l'immaculée-Conception,* cette admirable apparition soutenue par les anges, une des plus admirables toiles de l'incomparable coloriste Murillo ; *la Sainte Famille,* du chef de l'école française, Charles Lebrun ; et puis, et puis...

Alors, Henri, qui ne croyait plus, se dit pourtant que celle qu'en son désespoir implorait Suzanne était bien la plus adorable de toutes ces douces figures.

Sous cette impression indéfinie, il regarda la pauvre fille qui, toujours agenouillée, tenait toujours sa main, et s'inclinant au contact de cette prière dont le souffle effleura son cœur, il murmura :

— Peut-être...

Qu'auraient-ils dit, les frères et amis de l'auberge du Bois-Touffu, s'ils avaient vu un des leurs respecter assez une jeune fille pour ne pas rire de sa prière ? Qu'il était fou, ou qu'il trahissait.

Tout à coup un bruit si éloigné, si léger qu'il n'était presque rien, vint du côté de Lucerne.

L'oreille américaine de Suzanne ne s'y trompa point.

— Entendez-vous, dit-elle, en se levant brusquement, entendez-vous... C'est le son des clochettes que les mulets portent au cou lorsqu'ils doivent gravir la montagne, ordinairement ils ne sortent pas à cette heure, c'est du secours qui nous arrive. Oh ! je le sens en mon âme, ma mère vit encore, elle vit, vous dis-je, et c'est, croyez-le bien, elle qui vient à nous.

Le son monotone, à la note argentine, se rapprochait. Les jeunes gens avaient repris leur course et ne se parlaient pas. Il semblait qu'ils redoutassent de voir s'évanouir leur espoir.

Henri soutenait de son mieux Suzanne, qui paraissait transformée. Néanmoins au bout de quelques minutes, une crainte vague, qu'ils ne se communiquaient point, traversa leur esprit. Le pas tranquille et lent des mulets prouvait surabondamment qu'ils traînaient quelque chose, une voiture de fromager sans doute.

De vague qu'elle était dans le principe, la crainte prit une consistance et pénétra dans leur cœur ainsi que la pointe aiguë d'un poignard.

La lourde charrette passa à cent mètres de là, au milieu d'un champ labouré, que coupait un chemin de traverse. Son pâle falot semblait un de ces vers luisants, ainsi qu'ils paraissent, lorsqu'on les voit à travers les brouillards du soir. Dans le silence de la campagne, le messager chantait le *Ranz des Vaches*.

— Allons à cet homme, dit Henri, qui sait s'il ne peut pas quelque chose pour nous.

Voilà les pauvres enfants auxquels une espérance venait d'échapper, changeant de chemin, et courant à cette lueur incertaine, que pouvait éteindre le plus léger vent.

A un moment donné, ils ne virent plus rien ; seul le bruit des clochettes les guidait encore. Il était évident que la voiture avait tourné... mais de quel côté ? La position commençait à devenir impossible à tous les points de vue. Henri le comprit, et faisant un effort sur lui-même pour parler en maître à Suzanne.

— Vous allez rester ici, mademoiselle, entendez-vous, lui signifia-t-il d'un ton qui ne permettait pas de réplique. Votre impuissance et votre faiblesse entravent mes tentatives. Chaque seconde est précieuse. Attendez-moi là où vous êtes ; je ne serai pas longtemps, je vous le jure.

Sur ces mots, il partit à grands pas.

La jeune fille était en effet arrivée au dernier degré de l'épuisement et de la douleur. Pauvre corps brisé, pauvre cœur broyé, elle ne pensa même plus à résister.

8.

— Allez, dit-elle en se couchant sur la terre inégale et glacée, je vais mourir ici.

Mais Henri, déjà loin, ne l'entendit plus.

Le jeune homme ne tarda pas à atteindre le messager qui chantait toujours. Quelques paroles suffirent pour mettre le brave homme au courant de la triste histoire, et, serviable comme tous les habitants de la Suisse, il offrit d'abord de détacher une de ses mules pour ramener à Lucerne Suzanne, qui n'était qu'embarrassante, ensuite de lancer dans toutes les directions des guides qu'on enverrait de la ville.

Aussitôt proposé, aussitôt accepté.

Le messager se mettait donc en devoir de dé-teler, quand sur une route en contre-bas, il aperçut un groupe de personnes dont quelques-unes portaient des lanternes, ce qui permettait de les distinguer. Il s'empressa de le montrer du doigt à Henri, en disant :

— Ne pensez-vous pas que ceux-ci pourraient bien être envoyés à la recherche de la jeune fille ? Chez nous on ne se promène point ainsi le soir.

— Ce serait possible.

En un instant, sans mesurer la hauteur qui le séparait de la route, il rejoignit la petite caravane, dont le morne silence avait quelque chose de solennel et de navrant.

Au milieu de ce groupe composé de quatre guides et de Mariette, deux femmes se soutenant l'une et l'autre paraissaient le diriger.

A la clarté des lanternes, Henri les reconnut plutôt par intuition, car elles étaient méconnaissables.

Le burin de la douleur avait gravé toutes les angoisses sur ces figures de cire. Elles marchaient d'un pas d'automate. Ce mouvement mécanique chez des êtres animés a quelque cho se d'effrayant

A l'arrivée soudaine du jeune homme, le groupe s'arrêta.

— Votre fille est sauvée, madame, dit-il aussitôt en allant à la mère.

— Sauvée, sauvée, répéta la pauvre femme, comme sortant d'un pénible rêve. Sauvée !... Alors où est-elle ?

— Là-bas, dans le champ proche ; je vais vous y conduire, elle est trop épuisée pour venir jusqu'ici. Suivez-moi.

A ce dernier mot, seulement, Mme Eliçagaray

reconnut Henri. Sans une parole, sans une exclamation, elle prit sa main et la serra bien fort.

— Venez, poursuivit le jeune homme, venez
tous. Plus nous serons nombreux, plus facilement
s'opèrera le retour.

Alors cherchant l'endroit par lequel il était
descendu, Henri s'aidant d'une frêle baguette
remonta le talus jusqu'à moitié et s'arcboutant
de son mieux, il fit monter jusqu'en haut les
pauvres femmes, plus brisées peut-être par la
joie qu'elles ne l'avaient été par la douleur.

On avait à peine fait une centaine de pas quand
ils virent le messager suivi d'une de ses mules,
qu'il venait de dételer.

— Retournez, mon ami, nous avons plutôt
besoin de votre aide là-bas, lui cria le jeune homme
aussitôt qu'il l'aperçut.

Secourable et docile, le messager fit faire volte-
face à sa bête et rebroussa chemin.

— Courage, mesdames, nous approchons; encore
quelques instants, et nous serons arrivés.

— Suzanne, Suzanne, — s'écria tout d'un coup
Mme Will, — Suzanne, me voici.

XVI

Mais, le son de cette voix vibrante fut sans écho.

— Suzanne, Suzanne, répéta la pauvre mère qui, de joyeuse, devenait gémissante.

Henri lui-même commençait à avoir peur. Mille craintes, en un instant, l'assiégèrent. Cependant, que pouvait-il redouter ? La jeune fille était incapable d'aller plus loin.

Néanmoins, ce silence l'étonnait et, voulant au plus vite en avoir raison, il prit la lanterne que portait Mariette et devança la petite troupe de quelques pas, en projetant sur le sol sa clarté mobile.

— La voilà, s'écria-t-il au bout d'une minute.

En effet, à la place même où Suzanne s'était couchée, on apercevait ses vêtements agités par la brise du soir.

Ce fut alors une explosion de sanglots qui, pour avoir été longtemps contenus, éclataient avec plus de force.

La mère se jeta sur sa fille. Suzanne, hélas ! ne bougeait pas.

— Vous ne me rendez donc que son cadavre, oh mon Dieu ! dit-elle, avec l'accent d'une si navrante douleur, que rien ne saurait rendre l'expression qu'elle produisit sur tous.

Alors, prenant dans ses bras son enfant sans mouvement, la malheureuse mère, que la raison paraissait abandonner, couvrit de baisers, de larmes et des noms les plus passionnés cette belle fille, dont le corps souple et gracieux s'abandonnait à ses étreintes.

Tout le monde était atterré et silencieux.

Seule, Mme Eliçagaray conservait son sang-froid et s'approchant d'Henri :

— Ne nous effrayons pas outre mesure. La chère petite n'est, je le crois bien, qu'en catalepsie. Voyez, ses membres conservent toutes les attitudes qu'on leur fait prendre. Occupez-vous, en ce moment, de mon amie ; je me charge de la malade.

Ces mots, que n'entendit pas Mme Will mais que comprirent Mariette et les guides, produisirent comme un effet électrique.

La parole revint à tous, chacun s'empressa

autour de Suzanne, que la robuste Mariette enleva
à sa mère, et les hommes ayant fait de leurs bras
une civière, on y déposa le précieux fardeau, et
les guides suivirent la Lucernoise qui reprenait
la route du chalet.

En voyant partir sa fille, l'anéantissement
de la pauvre femme fut complet. Aussi, Mme
Eliçagaray demeura-t-elle, Henri fit alors
avancer le messager. Profitant de l'état de
prostration dans lequel se trouvait Mme Will,
il la hissa sur le mulet, le brave homme l'y
maintint de son mieux, et tandis que Mme Eliçagaray tentait de rappeler son amie à la réalité,
on se mit en route dans la même direction que
les porteurs, qui, au bout d'un instant, avaient
été rejoints par le jeune homme.

Peu à peu, la pauvre mère finit par comprendre
que l'immobilité de sa fille n'était point la mort.
Sortant par degrés de l'état léthargique où venaient de la plonger de terribles émotions, elle se
refit au bonheur de la retrouver, et passant de
l'abattement le plus complet à une joie relative,
elle ne supportait qu'avec peine la lenteur de sa
monture, dont elle fût, certes, descendue afin de

hâter davantage son retour, si ses forces ne l'eussent pas trahie.

— Ne trouverez-vous pas bon, madame, demanda Henri, qui attendait Mme Eliçagaray à l'entrée du jardin, qu'on prévienne votre médecin. La malade réclame des soins particuliers, sans doute. M'autorisez-vous à le ramener de Lucerne ?

— Allez, monsieur, allez, puisque vous ne redoutez pas de nous être utiles jusqu'à la fin. Je pressens que notre reconnaissance aura à vous solder une bien longue note... Mais nous compterons après. n'est-ce pas ? ajouta Mme Eliçagaray d'une inflexion de voix presque tendre.

Le jeune homme s'inclina.

— L'adresse du docteur, je vous prie ?

— M. Fritz, place de l'Arsenal.

Le jeune homme partit dans la direction de la ville.

Nous ne le suivrons pas à travers les rues de Lucerne, où il ne tarda pas à arriver.

Nous entrerons plutôt au chalet.

XVII

Suzanne était étendue sur un lit dressé à la hâte, dans le salon, et paraissait dormir. L'ensemble de ses traits, qui n'avaient en rien la rigidité de la mort et le mol abandon de ses bras, éloignaient toute idée funèbre.

Cependant, à la vue de sa fille immobile et inconsciente, Mme Will n'avait pu retenir une nouvelle explosion de douleur. Il fallut le calme parfait, et l'affection touchante de son amie pour avoir raison de cette recrudescence de désespoir.

Les porteurs, ayant reçu leur salaire, s'étaient éloignés, ainsi que le brave messager. Seules, ces dames et Mariette veillaient cette enfant adorée, qui n'entendait ni les paroles de crainte ni les mots d'espérance. Comme, selon leurs vœux, le médecin tardait à venir ! !

Personne n'avait osé enlever à la jeune fille ses vêtements en lambeaux et souillés, ni laver ses pieds déchirés par les épines et meurtris par les

9

pierres. Le sang coagulé formait sur sa peau fine et blanche comme des traînées de corail, et les contusions, bleuâtres comme des pétales de violettes effeuillées, disaient assez qu'elle avait dû beaucoup souffrir.

Enfin, le docteur arriva. Henri l'accompagnait.

Ce docteur était un homme de cinquante ans, à la physionomie sérieuse. Il y avait dans tout l'ensemble de sa personne quelque chose de recueilli, de pensif et de triste. Comme particulier, on le connaissait peu ; comme médecin, tout le monde l'estimait.

— Nous nous trouvons évidemment en face d'un cas de catalepsie, — dit-il aussitôt, après avoir soulevé la malade, dont les membres se prêtèrent, sans effort, à ce changement de position. — Je suis du reste au courant de l'accident... Maintenant, procédons par ordre. Il faut d'abord faire disparaître les vêtements de cette pauvre enfant, ainsi que toutes traces sanglantes, afin qu'à son réveil rien ne puisse lui rappeler la cause de ce long et triste sommeil. Pendant cette opération, monsieur va retourner à Lucerne. Il se présentera à l'hospice en mon nom, et demandera à l'interne qui est arrivé depuis peu d'Arabie, s'il veut bien me donner quelques-unes des essences et quelques-uns des parfums qu'il a dû rapporter.

Henri qui, au premier mot de M. Fritz, avait déjà soulevé la portière partit aussitôt.

Suzanne dormait encore, pour nous servir de l'expression consolante du docteur, lorsqu'une heure après, le jeune homme rentra au salon.

Presque renversée sur les coussins qui la soutenaient ; couverte d'un énorme vêtement bleu et rose aux teintes adoucies ; ses cheveux dénattés semblables à de larges rubans de moire et tombant jusqu'à terre, elle produisait ainsi, un effet d'autant plus saisissant, que la lampe sur laquelle était posé un abat-jour ne projetait qu'une demi-clarté. A ce moment, Henri la trouva merveilleusement belle.

Il se faisait un silence mortel autour de cette couche qu'entouraient la mère anxieuse, l'amie dévouée et la servante attentive. Seule, la voix grave du docteur, le rompait de temps en temps.

— Bien ! dit M. Fritz en recevant des mains de

son envoyé les petites boîtes et les fioles micros-
copiques qu'il lui remettait, le réveil qui nous
arrive ; du moins je l'espère.

— Qu'ordonnez-vous maintenant, monsieur,
demanda Henri ?

— Que vous restiez à ma disposition. D'abord
tentons des essences. Cherchez parmi ces fioles
le parfum de la rose.

— Voici, dit le jeune homme, en présentant un
petit flacon.

Le docteur en laissa tomber une goutte, une
seule, sur un fin tissu de batiste.

Aussitôt le salon se remplit de la plus délicieuse
émanation.

Toutes les essences et tous les parfums apportés
par Henri furent tour à tour répandus et brûlés ;
mais le nerf olfactif de la malade, ne parut même
pas en avoir reçu la moindre sensation. La jeune
fille ne faisait point un mouvement.

Cependant le docteur ne paraissait pas encore
inquiet.

En voyant Suzanne endormie, si calme et si
belle, Henri rêvait aux ombres élyséennes, et
pensait que Fénelon, pour retracer un lieu digne
des grandes âmes auquel il était destiné, avait dû

s'inspirer de quelques pures images de ce genre lorsqu'il fit dans *Télémaque* la magnifique description du paradis des Grecs et des Romains.

— Vous n'allez donc plus rien essayer, docteur? demanda la mère, qui, malgré la tranquillité de M. Fritz, se sentait mordue au cœur par la plus affreuse inquiétude.

— Si fait, madame, mais je veux, avant d'appeler à notre aide les remèdes pharmaceutiques, tenter de la musique. Avez-vous le courage, la force, devrais-je dire, de faire entendre sur le piano quelques arpèges ?

Mme Will, étonnée, regarda le docteur.

— Oui, oui, vous avez bien entendu, si je savais seulement mes notes, je ne vous demanderais pas cet effort.

— Ne s'agit-il que de promener ses doigts sur les touches ? hasarda Henri, qui se faisait aussi petit que possible, afin de ne point être indiscret.

— Tout simplement.

— Je puis essayer ?

— Mais, je vous en prie...

Bien tremblant et bien ému, le jeune homme alla droit au piano.

Henri n'était pas musicien, mais il savait

chanter, et s'accompagnait souvent autrefois.

Il fit d'abord entendre, presque tout bas, quelques sons très doux, puis peu à peu prenant une certaine assurance, il accentua davantage son chant, et son jeu devint bientôt charmant. C'était une suite non interrompue de gracieuses mélodies. Il semblait que le brave garçon, comprenant que le docteur attachait à cet essai une grande importance, eût voulu mettre toute son âme au service de la tentative, dont la réussite serait saluée par tant de joie.

Mais, ainsi que les essences et les parfums, la musique n'amena aucun résultat.

Pourtant, Henri continuait toujours.

— Assez, monsieur, dit enfin M. Fritz, je vais en appeler à la science.

La pauvre mère, à ce dernier mot, se laissa tomber sur un fauteuil, et se mit à pleurer si amèrement, que Mme Eliçagaray, malgré la force de caractère dont elle avait fait preuve jusqu'à ce moment, sentit les larmes monter de son cœur à ses paupières.

— Si je changeais de motif ?

— Changez de motif.....

— Que vais-je jouer, se demanda Henri.

Sans trop savoir ce qu'il faisait, il commença une barcarolle.

Cette musique à part, qui rappelle si bien Venise, ses canaux et ses gondoles, fut-elle pour quelque chose dans un imperceptible mouvement que le docteur crut remarquer chez Suzanne? cela se pourrait; toujours est-il que M. Fritz, le doigt posé sur l'artère radiale, la tête tournée du côté du jeune homme :

— Jouez, jouez toujours, — commandait-il, — chantez même... Courage, mon ami, courage, le réveil approche et nous vous le devrons... Courage !..

Les trois femmes entourèrent alors Henri, le suppliant du regard.

— Chantez! avait dit le docteur...

Comme un instrument docile entre les mains du praticien, il chanta.

Des sons voilés s'échappèrent d'abord de sa poitrine; puis, sous l'empire de l'ordre reçu, faisant appel à toute son énergie, il vainquit l'émotion profonde qu'il ressentait et entonna avec une inflexion de voix bien sympathique, bien tendre, en dialecte vénitien, la chanson du gondolier.

A peine les premiers accords de piano avaient-ils cessé, à peine les chants s'étaient-ils éteints, que la malade qui depuis un instant souriait à sa mère, fredonna le dernier couplet de la barcarolle.

Quel était l'auteur ou la cause de ce réveil? le chanteur, le chant ou la chanson?

Le docteur Fritz pensa que ce pourrait bien être le chanteur.

Henri profita du moment où chacun s'empressait autour de la chère ressuscitée pour quitter le chalet, sa présence n'y étant plus nécessaire.

XVIII

En cheminant au milieu de la nuit, sur la route de Sainte-Colombe, il repassa dans son esprit tous les incidents de cette longue journée et trouva que, certes, ils marqueraient dans sa vie d'exil.

Les frères et amis; la lavange; cette jeune fille qu'il avait rappelée à la vie, tout cela était de nature à ne point s'oublier.

Que de choses il aurait à écrire à sa mère!

L'hôte du Bois-Touffu, bien inquiet, l'attendait.

On n'avait pas souffert aux alentours de l'accident de la journée; mais des voyageurs effrayés, qui s'étaient réfugiés à l'auberge, narrèrent avec force détails les ravages causés.

Aussi, l'entrée du jeune homme fut-elle chaleureusement saluée.

Henri, touché de l'empressement que chacun lui témoignait, ne voulut pas refuser le délicat souper qu'on lui conservait avec soin depuis plusieurs heures, et tout en racontant par le menu, à l'aubergiste curieux, le commencement et la fin de la *lavange*, il ne dit pas un seul mot des circonstances principales de la journée.

Exténué, le jeune homme gagna sa chambre, mais ne put prendre aucun repos. L'odeur des essences et des parfums, au milieu desquels il se croyait encore, excitait ses nerfs ; et le chant joyeux de la barcarolle qui avait rappelé Suzanne à la vie le poursuivait de son souvenir. Alors il revoyait la jeune fille ou affolée, ou cataleptique, et son image, ainsi que ses gracieuses visions qu'en ses heures de rêve l'imagination évoque, ne disparaissait que pour renaître aussitôt.

Le lendemain de ce jour aux émotions si diverses, Henri, après avoir fumé une demi-douzaine de cigarettes en se promenant à grands pas

9.

dans sa chambre, allait se mettre en route pour
Lucerne où il voulait acheter un nouvel album et
de nouveaux crayons, lorsqu'on frappa à sa porte.

— Entrez, dit-il, assez machinalement.

Une seconde après, il aperçut M. Fritz dans la
pénombre.

— Quelles nouvelles, docteur? demanda Henri
avec un empressement où perçait une certaine
inquiétude.

— Excellentes, cher monsieur. Notre malade,
complètement rétablie, n'a conservé de ses terribles secousses d'hier qu'une assez grande faiblesse,
de laquelle triomphera sans peine son bon tem-
pérament. Elle a certes dormi cette nuit mieux
que vous et moi; somme toute, les choses vont
très bien. Néanmoins, il faut prévenir le retour
de la catalepsie, et pour cela, éviter de rappeler à
Mlle Will les circonstances qui ont déterminé chez
elle cet état toujours inquiétant. Ce sera facile, du
reste, car elle paraît faire partie de la catégorie
des malades qui, dans ce genre d'affection, per-
dent complètement le souvenir des faits antérieurs
à l'attaque. Ainsi donc, cher monsieur, après
vous avoir dit combien j'ai été heureux de rencontrer en vous un auxiliaire aussi dévoué, le se-

cond but de ma visite est de vous prier de ne jamais faire allusion devant la jeune fille, qui vous doit sans doute la vie, aux événements d'hier.

— C'est d'autant plus facile, docteur, que très probablement les circonstances ne nous mettront plus en présence.

M. Fritz regarda Henri d'un air étonné.

— Mais, vous connaissez Mme Eliçagaray, fit-il.

— Elle a été très bienveillante pour moi.

— Eh bien! Pourquoi ne retourneriez-vous pas au chalet? Je dois vous dire que ces dames s'attendent à vous voir sous peu, et c'est tout naturel.

— Vous leur avez expliqué, n'est-ce pas, docteur, comment les choses se sont passées de prime abord? demanda le jeune homme, évitant ainsi de répondre à son interlocuteur.

— Sans nul doute. Maintenant, je suis chargé de vous donner quelques détails que vous ignorez.

Lorsqu'est arrivée, la *lavange*, Mlle Will, séparée de sa mère et de leur amie, se trouvait trop loin d'elles pour pouvoir les rejoindre, mais comme la jeune fille était partie avec sa monture, ces dames, se fiant sur sa grande habitude des pays accidentés, se persuadèrent qu'elle monterait aussitôt sur sa mule et rentrerait au plus vite. Alors, elles n'hésitèrent point de leur côté à quitter les mélèzes. Mais, quand au retour les pauvres femmes ne virent personne, une terreur folle s'empara de leur esprit. Ce fut à ce moment qu'elles prirent Mariette et les guides et allèrent à l'aventure. Si elles ne vous avaient pas rencontré, que serait-il advenu? De bien grandes tristesses sans doute. Quant à la mule, il y a cent à parier contre un, que la malheureuse bête aura été engloutie par les eaux.

Le docteur Fritz, ne pouvant prolonger sa visite, prit congé d'Henri, qui lui demanda la permission de l'accompagner jusqu'à la ville.

Chemin faisant, les deux hommes causèrent beaucoup, abordant les sujets les plus variés; arts, sciences, littérature, voyages. Le docteur ne fit aucune allusion au séjour de son compagnon en Suisse.

— Il sait quelque chose, pensa le pauvre garçon, auquel cette idée donna la fièvre.

On se quitta à l'entrée de Lucerne : M. Fritz alla à ses malades, Henri à ses acquisitions.

Pour la première fois depuis son exil, le jeune homme pensa qu'il était des circonstances où sa toilette d'artiste ne saurait être admise, et qu'à

un moment donné il pourrait regretter de ne pos-
séder dans sa garde-robe que des casaques et des
vestons.

Alors il avisa un grand magasin de tailleur, et
tout en trouvant les dernières modes bien suran-
nées, il n'en acheta pas moins les vêtements, que,
dans les dispositions actuelles de son esprit, il
regardait comme indispensables.

XIX

Les nouvelles qu'Henri Olivier recevait presque
journellement des siens, le tenait au courant,
non seulement des événements politiques, mais
encore de ce qui se passait dans ce cher milieu,
duquel l'affectueuse tendresse du capitaine Vincent l'avait arraché. Quant à ses amis personnels,
disons-le à la honte du parti, pas un ne pensait à
lui adresser quelques lignes de sympathie.

Après avoir été fort sensible à cet oubli, lui
donnant la mesure et la valeur des grands mots
de fraternité, dont les frères et amis sont si pro-
digues, il n'y pensa plus. L'existence isolée qu'il
se faisait dans un pays, où tant de ses coreligion-
naires s'étaient, eux aussi, réfugiés, ne contri-

buait pas peu, du reste, à l'empêcher de regretter des relations, ne tenant pas par de plus sérieuses attaches.

Bon nombre de tribunaux de France commençaient à ralentir leurs arrêts. Les principaux meneurs de la grande lutte, ceux qui n'avaient pas payé de leur vie d'affreux crimes et d'inqualifiables audaces, s'en allaient au delà des mers, expier sous un ciel clément, au milieu de la plus admirable nature, de grandes erreurs et d'énormes fautes. Par centaines, ils quittaient famille, patrie, amis, jetant comme adieu à la France des mots d'anathème ou des soupirs de regret.

Tous ces détails lui étaient donnés longuement par sa mère et ses sœurs. Affectueuses et tendres, les trois femmes ne parlaient à l'exilé de ces grandes volontés brisées, de ces formidables projets anéantis, que pour lui faire accepter sous la forme la plus naturelle, cette suprême leçon, qui prouvait une fois encore que les actes n'ayant pour but que la passion, ne sauraient être longtemps victorieux. Puis, elles disaient de leur vie monotone et retirée tout ce qu'elles pouvaient en dire. De temps en temps, à travers les lignes serrées de leurs lettres, il lisait la pensée intime de ses sœurs, rêves de jeunes filles interrompus à cause de lui, sans doute. Alors, son front se plissait, et autour de sa bouche une ride, la ride amère, contractait son visage. Il y avait dans cette tristesse de l'abattement et une quasi-révolte qui n'auraient pas mieux demandé, peut-être, que de se changer en repentir.

Une chose l'étonnait fort : le silence que tout le monde gardait relativement à sa position vis-à-vis de la société. Bien souvent, il fut sur le point d'interroger sa mère; mais au moment de tracer les mots qui devaient rappeler tant de larmes, il s'arrêtait, se disant que le lendemain sans doute lui apprendrait quelque chose.

Mais le lendemain ne le trouvait pas plus avancé que la veille.

Néanmoins, depuis l'arrivée des deux Américaines, leur présence, de laquelle pourtant il ne profitait point, si elle ne jetait aucune gaîté dans son existence, ne laissait pas que de l'occuper un peu, et cela l'empêchait momentanément de trop approfondir sa position. Sans se rendre compte de la cause, il en subissait l'effet, se laissant absorber par de vagues tristesses, par de vagues désirs dans lesquels il se complaisait.

Plus d'une semaine s'était écoulée depuis la visite du docteur, et Henri n'avait point osé retourner chez Mme Eliçagaray. Cependant, chaque jour venait rendre cette démarche plus difficile, car on pouvait taxer d'indifférence ce qui n'était en réalité qu'une extrême discrétion.

Il se présenta enfin au chalet.

Mariette ne l'ayant jamais vu que sous ses habits d'artiste, le trouva magnifique en toilette. Tout en ouvrant de grands yeux, elle le salua très bas, et en l'introduisant au salon, l'annonça très haut.

— Mais que devenez-vous donc, monsieur? — demanda la maîtresse de céans au visiteur qui, pour cacher une certaine gêne, s'inclina par trois fois, à la façon de nos pères. — Monsieur Olivier, ajouta-t-elle aussitôt en se tournant du côté de ses dames pour leur présenter le jeune homme, — mesdames Will.

Ne fallait-il pas, pour Suzanne, avoir l'air de ne pas se connaître du tout.

Henri prit le siège qu'on lui désigna, et commença une de ces phrases banales ayant pour objet le temps du jour et celui du lendemain.

Mme Will, qui possédait au suprême degré,

l'art de soutenir une conversation, même quand
elle n'avait rien à dire, releva les moindres paroles d'Henri. L'entretien une fois engagé prit un
cours varié, auquel l'esprit de l'Américaine et la
bienveillance de son amie, vinrent apporter un
charme particulier.

Quant à Suzanne, elle avait peu parlé. De temps
à autre, elle rivait ses beaux yeux étonnés et
profonds sur les yeux brillants du visiteur, et son
regard était parfois comme une interrogation
muette : il semblait qu'à un moment donné, elle
se rappellerait.

Lorsque Henri se leva pour partir, Mme Eliçagaray l'arrêta.

— A propos, monsieur, ces dames et moi avons
l'intention, s'il fait beau temps jeudi, de faire une
longue promenade sur le lac. Nous prendrons à
Lucerne, une petite embarcation, un bon batelier
un peu guide, et nous nous ferons conduire dans
le canton d'Unterwald. Voulez-vous nous rendre
le service d'être des nôtres? Seulement je dois
vous prévenir que nous ne pourrons rentrer le
même jour.

— L'honneur que vous me faites, madame, est
trop grand pour que je ne l'accepte pas avec

empressement, répondit aussitôt le jeune homme.

Et il se prit à rougir comme une fille de seize ans, à laquelle on adresse le premier mot d'amour.

— J'appuie, monsieur, le service, car vous n'ignorez pas que parfois si les femmes sont embarrassées elles sont aussi embarrassantes. Mais nous ferons en sorte de ne pas rendre trop lourde votre tâche de chevalier.

Henri ébaucha un de ces signes ordinaires en pareil cas et demanda :

— A quelle heure et où faut-il vous rejoindre, madame ?

— A Lucerne même, devant la Tour ; nous y serons vers huit heures.

Deux jours seulement séparaient la visite du jeune homme de l'excursion projetée. Ces deux jours passèrent pour lui avec une lenteur ennuyeuse et pesante. Il compta les heures d'abord, les minutes ensuite.

Jeudi se leva enfin.

L'air était vif. La matinée colorée, brillante. Les eaux du lac se ridaient sous l'influence de la brise piquante. Dans le ciel aux teintes de feu, au fond d'azur, des nuages d'argent couraient les uns après les autres, comme s'ils avaient eu des ailes.

Vêtu d'un costume de circonstance, Henri, arrivé avant l'heure, se promenait, et pour tuer le temps, refaisait dans son esprit l'histoire de cette tour, lieu du rendez-vous, se posant l'éternelle question des voyageurs érudits : Est-ce bien là une construction romaine ? ainsi que le prétendent les Lucernois.

Il avait vraiment l'air d'un touriste du meilleur monde, avec son bonnet de velours à rebord avancé sur les yeux, ses guêtres bouclées haut, sa longue redingote fermée jusqu'au cou, son grand collet de drap et ses gants de peau de daim. Joignez à cela une certaine pâleur qui lui était habituelle, une véritable recherche de netteté, et peut-être voyez-vous d'ici l'ensemble de notre radical, à la façon dont il est possible de reconnaître les individus par le signalement donné sur leurs passeports.

Quelques minutes après huit heures, ces dames arrivèrent : elles étaient suivies de Mariette portant des couvertures et des vêtements chauds.

Henri alla au-devant d'elles, et au bout d'un instant, tout le monde était installé dans un coquet bateau, dont le patron, homme de quarante ans, au caractère joyeux, faisait les honneurs avec un empressement de bon augure pour le voyage.

— La journée sera belle, dit Jacques le batelier, dans un idiome à part, fait de mauvais allemand et de mauvais français, en s'emparant des avirons.

Puis, par un mouvement demi-circulaire, il fit tourner l'embarcation, qui, peu à peu, s'éloigna du bord et prit la direction du canton d'Unterwald.

Les voyageurs regardèrent longtemps Lucerne encadrée de monts inébranlables ; de pics gigantesques ; de glaciers éternels ; d'immenses blocs de granit, couverts de sapins et de mélèzes, qui la font ressembler à un décor gothique tranchant sur la verdure des plaines. Mais lorsque la ville n'apparut plus que confusément, alors l'attention de tous se porta sur les rives du lac, qui baignent dans l'onde leurs longues herbes et leurs fleurs d'eau ; sur les jolis chalets qui semblent sortir de terre, comme par enchantement, et font penser à ces villages de carton que, par ordre des courtisans de la grande Catherine, on élevait çà et là pour un jour, dans les steppes arides de la Russie, quand la souveraine visitait ses États.

Le gentil bateau glissait sur le miroir liquide.

Aucun mouvement ne se produisait. Mme Eliçagaray, habituée à ce spectacle, prit sa broderie,
tandis que Mme Will et Henri, munis de lorgnet-
tes, examinaient en détail tout ce qui passait sous
leurs yeux, depuis le clocher pointu des chapelles
distancées dans la campagne, jusqu'aux troupeaux
broutant le gazon.

— Mais, bonne amie, qu'est-ce donc que ce chalet, demanda la jeune fille à Mme Eliçagaray, en
lui désignant de sa lorgnette une élégante construction à moitié cachée par un bouquet d'arbres
et dont les fenêtres regardaient le lac, — c'est au
moins la demeure d'une conseiller juge.

— J'ignore qui l'habite aujourd'hui, — répondit
Mme Eligaçaray sans lever les yeux, que depuis
un instant elle tenait baissés sur son ouvrage. — Il
y a quelques années, elle appartenait à une
famille heureuse, bien heureuse, dont le bonheur
s'écroula vite. La mort en a moissonné tous les
membres, excepté un.

Henri comprit aussitôt, et Suzanne crut comprendre. A ce moment, les yeux des jeunes gens
se recontrèrent. Henri posa son doigt sur ses
lèvres, et ce signe de silence confirma à Mlle Will
ce qu'elle avait supposé.

Ce mouvement n'était rien et, pourtant, cette entente muette disait quelque chose à ces deux beaux enfants, qui, à l'heure présente, vivaient de la même vie, subissaient les mêmes impressions et croyaient peut-être aux mêmes sentiments.

Mme Will, tout à une anecdote que lui narrait le batelier, causeur par nature, ne vit pas son amie, n'entendit pas sa fille, et la conversation reprit sans effort, si on peut appeler conversation ce composé de questions sans suite, et différant à chaque instant de nature ; de phrases coupées sous formes d'exclamations et de remarques, pour la plupart pleines de justesse et d'érudition.

La matinée avançait, et le batelier paraissait fatigué.

— Ne trouvez-vous pas, mesdames, qu'il serait temps de faire escale ? demanda Mme Eliçagaray.

En prononçant le mot escale, elle se mit à mesurer du regard et en souriant, la dimension du navire lilliputien, qu'un homme seul manœuvrait.

— Nous sommes à moitié route de Stanz, fit aussssitôt Jacques. — Si la société le désirait, nous pourrions aborder non loin d'ici. Sur les limites

mêmes du canton, il y a un chalet où l'on vend
des fromages parfaits.

— Va pour le chalet, puisque les fromages y
sont si bons, dit, Mme Eliçagaray roulant sa broderie, tandis que Mmes Will remettaient dans
leurs sacs de voyage, vrais bijoux dont le luxe et le
confort rappelaient les raffinements américains,
une quantité de ces petits riens qui, par la force
de l'habitude, deviennent une nécessité, tandis
qu'Henri s'emparait d'un des avirons afin de rendre l'abordage plus facile.

Le chalet annoncé ne tarda pas à apparaître.
L'aspect riant de cette quasi-auberge, autour de
laquelle s'agitaient deux ou trois femmes à la physionomie avenante, semblait souhaiter la bienvenue aux voyageurs qui y entraient gaiement.

L'air vif aidant, chacun avait grand faim. Le
repas très frugal fut trouvé excellent ; et tandis
que le batelier qu'il fallait laisser reposer, buvait
lentement le kirschwasser, qu'après son dessert
lui versait la servante, et que Mariette jasait
avec l'aubergiste, on convint de faire une petite
excursion aux alentours.

Précisément une jolie forêt étalait près de là,
sa lisière moussue.

Ces dames et les jeunes gens y pénétrèrent sans effort, et à peine avaient-ils marché pendant une demi-heure, que s'élevèrent tout autour d'eux des remparts de verdure qui les isolaient du monde entier.

— Il ne faudrait pas aller trop loin, dit Mme Eliçagaray en s'arrêtant; nous pourrions nous égarer.

— Je crois, bonne amie, qu'il eût été prudent de faire comme le Petit-Poucet du joli conte français, de semer le long du chemin de petits cailloux blancs, afin de retrouver notre route, reprit Suzanne, qui, insouciante et brave, riait de la crainte de Mme Eliçagaray.

— Soyez sans inquiétude, madame, nous ne sommes pas assez éloignés pour nous perdre, crut devoir ajouter Henri. — Et pourtant il trouvait saisissante l'uniformité qui les entourait. Seulement, si vous ne voulez pas être trop longtemps absentes, il serait bon, je crois, de penser au retour.

Mme Will approuva fortement l'opinion émise, et tout le monde de revenir sur ses pas.

Mais les sentiers si nombreux et si identiques qui, à un moment donné, se présentèrent devant les promeneurs, les virent embarrassés. C'était partout les mêmes arbres avec les mêmes fouillis aux pieds, les mêmes ramilles partout.

Que faire ?

La position devenait difficile.

— Voyons, proposa Suzanne, si mère et bonne amie veulent bien rester ici, comme deux Hama-driades, M. Olivier et moi pourrions aller chacun de notre côté à la découverte. Dans le cas où je trouverais une issue, je vous appellerais avec ceci.

En disant ces mots, elle montra, attaché à une longue chaîne pendue à sa ceinture, un mignon sifflet d'argent ciselé, faisant partie de tout un petit arsenal féminin.

— Cette combinaison serait certes la plus sage, mesdames, puisque Mlle Will ne craint pas de tenter l'aventure, à la condition qu'elle ne s'é-loignera pas assez pour ne plus se retrouver. Quant à moi, que je découvre quelque chose ou que je ne découvre rien, je suis ici dans vingt minutes.... Par où allez-vous, mademoiselle ?

— De ce côté, répondit Suzanne en s'enfonçant à travers les arbres trop uniformes pour qu'il soit possible d'en faire des points de remarque.

10

Au bout d'un instant, Henri partit à son tour dans la direction opposée.

Suzanne s'en allait consciencieusement à la recherche du sentier devant les ramener dans la plaine ; mais il n'en était pas de même d'Henri.

Depuis le matin, la fièvre brûlait ses membres et amenait chez lui une surexcitation dont il n'était pas maître, et sans se rendre compte de ses impressions, qu'il ne cherchait du reste pas à analyser, il voulait rencontrer Suzanne et la voir seule. Pour quoi lui dire ? Il n'en savait rien ; mais après avoir de prime abord trouvé prudent et sage le silence que le docteur Fritz lui avait imposé, ce silence était devenu pour lui une pénible contrainte.

— Comment, se disait-il, j'ai réveillé d'un sommeil qui menaçait de devenir éternel, cette belle enfant et maintenant insouciante, heureuse, elle jouit d'une vie qu'elle me doit peut-être, et je ne pourrais pas lui demander, sinon un merci, du moins un sourire quelquefois..., ce serait bien fort.

Sous l'empire de cette pensée, au lieu de suivre la ligne directe, Henri tourna brusquement, traversa les taillis sans souci des broussailles qui souvent arrêtaient ses pas et qu'il devait écarter pour se frayer un chemin.

Où allait-il ?

Rejoindre Suzanne.

Tout à coup un léger bruit attira son attention, il suspendit sa marche et écouta.

C'était tout simplement un petit cerf effrayé qui s'enfuyait.

Alors il reprit sa course.

Le jeune homme commençait à regretter la promesse qu'il avait faite de n'être absent que vingt minutes, la chose devenant matériellement impossible.

Enfoncé dans le plus épais du bois, Henri ne savait trop où il allait. De temps en temps il prêtait l'oreille, mais n'entendait rien que le craquement des feuilles mortes que son pied réduisait en poussière ; qu'un petit battement d'ailes trahissant la frayeur d'une fauvette que sa présence réveillait peut-être.

Une idée surgit de son cerveau avec la vivacité d'un éclair, et quelques secondes s'étaient à peine écoulées, qu'Henri entonnait à pleins poumons la barcarolle qu'il avait chantée au chalet, pendant la nuit d'angoisses.

Et comme si cet air avait toutes les puissances, il ne l'eut pas plutôt achevé qu'un son aigu retentit : C'était la note perçante du petit sifflet d'argent.

— Elle est là tout près, pensa le jeune homme que cette certitude rendait tremblant.

Un second coup se fit entendre presque aussitôt, plus prolongé que le premier.

— Malheur, se dit-il, elle a évidemment trouvé l'issue cherchée, ce n'est point une réponse, c'est un appel.

Néanmoins, Henri qui avançait à pas de géant, vit bientôt à travers le feuillage éclairci, une ombre allongée et mobile qu'il reconnut immédiatement : c'était Suzanne...

Henri arrivait donc près de la jeune fille qui venait d'appeler. Son seul mouvement fut un léger mouvement de surprise.

— Vous ici, monsieur, dit-elle, par où donc êtes-vous passé ?

— J'ai pris un sentier de traverse, murmura-t-il embarrassé de sa personne.

— Vous pressentiez que j'étais dans la bonne voie, ou bien quoi ?

Cette interrogation mit le jeune homme à l'aise.

— Je n'ai pensé à rien autre chose qu'à vous voir.

— Pour me reprocher mon étourderie de ce matin, n'est-ce pas ? Oh ! comme je regrette cette indiscrète parole qui a ravivé toutes les douleurs de notre pauvre amie !

— J'espère que vous n'avez pas trouvé mauvais l'avertissement que je me suis permis de vous donner, s'empressa de demander le jeune homme, enchanté d'entamer une conversation d'autant plus difficile, que lui-même ne savait pas trop ce qu'il venait faire près de Suzanne.

Je vous en suis au contraire mille fois reconnaissante. Comme je vais désormais veiller sur mes paroles ! Avez-vous entendu les deux coups de sifflet ?

— Parfaitement.

— Croyez-vous que ces dames soient assez prévenues comme cela, ne faudrait-il pas recommencer ?

— C'est inutile. Ce petit son perçant traverse des lieues entières. Le renouveler pourrait les effrayer.

— Vous avez raison. Alors, attendons.

— Je suis ravie d'avoir découvert cette issue, d'autant plus qu'elle est tout près du lac. Que ce pays est beau ! Voyez donc, monsieur, les éton-

10.

nants contrastes de cette étonnante nature, continua Suzanne en franchissant la lisière du bois. Quel malheur qu'il faille payer par des désordres souvent terribles cet admirable spectacle !

— Est-ce que vous avez été témoin de quelques ouragans depuis votre séjour en Suisse, demanda le jeune homme d'une voix légèrement émue ?

— Non, monsieur, mais tous les auteurs qui ont écrit sur l'Helvétie, en parlent longuement, et ma mère, par affection pour son amie, ayant une prédilection particulière pour leurs ouvrages, m'en a fait lire beaucoup. Je connais donc le pays depuis mon enfance, mais en images, si je puis m'exprimer ainsi. Et vous, monsieur, avez-vous assisté à quelques révolutions de la nature ?

— J'en ai rêvé une, mademoiselle, et ce rêve-là, je me le rappellerai toujours.

— C'était bien effrayant, n'est-ce pas ?

— Oh ! oui, d'autant plus que je n'étais pas seul dans ce milieu bouleversé. Une belle jeune fille, désespérée, mourante, réclamait mon secours, demandait mon appui, et à l'heure présente je ne pouvais rien, rien. Je la vois encore, ses grands yeux si doux inondés de larmes tendant vers moi ses bras suppliants, et j'entends

toujours ses cris de détresse et sa voix brisée. Les
impressions que la mémoire conserve, me pour-
suivraient implacables dans leur sombre souvenir,
si la fin de cette scène ne s'était pas tout à coup
éclaircie. Vous dire comment, je ne le puis. Dans
les rêves, vous le savez, mademoiselle, on passe,
sans transition, de la plus grande douleur à la
joie la plus vive. Mais si je me rappelle la jeune
fille de mes songes, alors que toutes les angoisses
l'étreignaient, je me la rappelle aussi, échappée
au danger, échappée à la mort, et souriant à tous
comme si les tortures qu'elle venait d'éprouver,
les larmes qu'elle venait de verser, n'avaient jamais été ressenties, n'avaient jamais coulé. Que
me devait cette jeune fille qui ne conservait sur
son beau visage aucune trace des douleurs passées ? Tout, paraît-il, puisque je l'avais sauvée.
Mais dans ce rêve encore on m'imposa silence ; il
ne fallait rien révéler. Qu'importe après cela
puisque le souvenir me reste.

Durant ce récit, les yeux d'Henri étaient rivés
sur la figure de Suzanne qui l'écoutait toute songeuse. Pour la seconde fois, il semblait qu'elle se
rappelât.

Le jeune homme alors eut peur.

Mais au bout d'un instant la physionomie de Suzanne s'éclaircit. Avec une grâce charmante, elle ramena sur son visage, afin de le protéger contre le soleil, le long voile flottant sur ses épaules, et tout en détachant sa ceinture pour enserrer les fleurs qu'elle venait de cueillir :

— Pourquoi chercher à garder souvenance d'un rêve ? N'y a-t-il point ici-bas assez de tristesses réelles, pour laisser de côté celles des songes ; et les beautés idéales, les joies parfaites, ces filles du sommeil nous font trouver sans charme les beautés et les joies de la terre, quand notre esprit s'obstine à en faire des points de comparaison.

Henri ne répondit pas. Il lui avait semblé que la jeune fille en abaissant son voile, voulait plutôt encore dissimuler une légère rougeur, que se garantir des rayons supportables du soleil de septembre, et cela pour le moment lui suffisait.

— Le docteur Fritz, pensait-il, me paraît faire partie de l'école des pessimistes. Cette chère enfant est bien loin maintenant de la catalepsie. C'est aujourd'hui une erreur de lui cacher des faits qu'on ne pourra pas lui laisser ignorer toujours.

Et tandis que le jeune homme se révoltait

contre un sage conseil donné au nom de la science, Suzanne, prise d'une émotion qu'elle dissimulait néanmoins, se disait :

— Il me semble que, moi aussi, j'ai rêvé. Je me rappelle avoir vu, comme à travers les brumes du matin, la campagne bouleversée, l'isolement se faire autour de moi, un homme me secourir; puis la nuit, nuit étrange, pleine de parfums, et de chants... Singulière chose que ces rêves qui s'enchâssent !

— Ne trouvez-vous pas que ces dames sont bien longtemps à venir ? demanda tout à coup Suzanne.

— Non, mademoiselle, mais si vous craigniez qu'elles n'aient point entendu, vous pourriez les appeler de nouveau, maintenant elles ne s'effraie-raient pas.

Immédiatement un coup de sifflet retentit.

Les jeunes gens ne parlèrent plus des rêves. Leur conversation reprit sur d'autres sujets, des riens coupés par des silences; et au bout de quelques instants, voyant apparaître Mmes Eliça-garay et Will, ils allèrent au-devant d'elles.

Mais nous, avant d'aller plus loin, revenons au moment où Henri et Suzanne s'éloignaient chacun de leur côté.

XX

Mmes Eliçagaray et Will n'avaient pas plus
tôt vu disparaître les deux jeunes gens qu'elles
regrettèrent de ne point s'être opposées à des
tentatives, qu'il était certes plus prudent et plus
sage de faire en commun.

Cependant, comme à tout bien prendre, elles
ne voyaient aucun danger, puisque Suzanne ne
s'éloignerait pas d'un certain rayon, et qu'Henri
devait revenir au bout de vingt minutes, l'une et
l'autre attendirent patiemment le coup de sifflet
annoncé et le retour promis.

— Je n'ai pas encore trouvé le moyen d'exprimer à M. Olivier toute ma gratitude pour son
dévouement, — dit Mme Will, en s'asseyant sur le
gazon, à côté de son amie. — Ce jeune homme doit
croire, ou que je n'ai pas su apprécier ce qu'il a
fait, ou que je l'ai bien vite oublié. Mais jusqu'à
présent la chère petite ne s'est pas éloignée un
instant.

— Je crois que le brave garçon, prévenu par
M. Fritz des précautions à prendre, s'explique
tout naturellement votre silence.

— Je le voudrais. Mais en parlant du docteur, il m'assurait hier que notre compagnon de voyage n'est pas le premier venu. Selon lui, M. Olivier possède une instruction très variée et très solide. Licencié en droit, bien des carrières lui étaient ouvertes ; comment donc se fait-il qu'avec de tels avantages, il ait donné dans ce déplorable travers politique qui ne devrait être que le fait des ignorants et des ambitieux.

— Comment tant d'autres aussi instruits que lui, appartenant comme lui à des familles dont les idées et les principes sont diamétralement opposés aux idées et aux principes qui en ce moment gangrènent la société française, suivent-ils ce déplorable courant? Cette question, que se posent quelques-uns, n'est plus une question, mais bien positivement un problème, qu'on ne peut résoudre qu'en descendant jusqu'aux tristes principes inculqués à la génération actuelle. Et pourtant le Français, avec son incontestable intelligence et son excellent cœur, était destiné à rester sur des régions plus élevées.

— Ils en auront bientôt assez de cette liberté qu'ils réclament si fort, et dont la pensée seule les enivre... Nous Américains, sommes las de ce vain mot auquel on attache un prestige menteur, et l'avenir... N'entendez-vous pas un coup de sifflet ?

— Je n'ai rien entendu du tout.

— Quelle position pouvait-il donc avoir, ce pauvre jeune homme, dans ce milieu dépravé où vraiment il ne devait pas être à sa place ?.... Mais je vous assure, Bernardine, que ma fille appelle.

Au même instant, un bûcheron vint à passer non loin de là.

Mme Will s'avança aussitôt vers le brave homme, qui jeta immédiatement ses outils à terre et s'approcha tout en tortillant les bords de son large chapeau de feutre.

— N'avez-vous pas rencontré une jeune fille avant d'arriver jusqu'ici ? lui demanda Mme Will.

Mais le bûcheron n'entendait pas un mot de français.

Alors Mme Eliçagaray lui posa la même question en allemand.

— Une jeune fille seule ?

— Oui, une demoiselle.

Il fit un signe négatif.

— Ni un jeune homme ?

— Un jeune homme seul ?

— Oui, un monsieur.

Même réponse.

Ces dames remercièrent et s'en retournèrent à l'endroit qu'elles venaient de quitter, quand le bûcheron les rappela, et s'adressant à Mme Eliçagaray qui, seule pouvait le comprendre.

— Presque sur la lisière du bois, j'ai bien vu une dame ; mais elle n'est certes pas de nos pays. Je n'en parlais point, parce qu'elle était avec un monsieur. La dame porte un chapeau gris entouré d'un voile bleu, le monsieur est habillé comme les voyageurs français quand ils viennent visiter la Suisse.

— Que dit-il ? demanda Mme Will.

— Qu'il se souvient maintenant avoir vu tout à l'heure une étrangère, répondit Mme Eliçagaray, qui ne voulait pas répéter textuellement la phrase du bûcheron.

Et toute préoccupée de la réunion des deux jeunes gens, réunion qu'elle ne s'expliquait pas, la veuve allait parler d'autre chose quand un coup de sifflet très distinct et très prolongé retentit au loin.

— Cette fois-ci, je ne me trompe pas, dit Mme Will, qui, aussitôt, chercha à s'orienter.

Le bûcheron entendant le signal, offrit ses ser-

11

vices comme *cicerone*. Ils furent acceptés avec la condition posée par Mme Will, qu'aussitôt arrivées près de Suzanne il retournerait à la recherche d'Henri.

Cette condition, Mme Eliçagaray n'en parla point. Ne savait-elle pas bien qu'on allait trouver les jeunes gens réunis ?

En effet, lorsque le bois s'éclaircit et qu'on put en deviner l'entrée, ces dames virent se dessiner à quelques centaines de pas en avant la silhouette élégante de Suzanne, près de laquelle marchait Henri.

La présence de ce dernier, seul avec sa fille, ne produisit pas sur l'Américaine l'effet qu'il eût produit sur une mère française. Certaines libertés d'action, passées dans les mœurs du pays, s'acceptent non seulement sans observations, mais encore ne laissent aucun doute dans l'esprit. Mme Will s'étonna de trouver au même but que Suzanne le jeune homme qui avait pris une direction opposée ; mais tout se borna là.

Son amie en fut impressionnée. Cette rencontre pouvait être fortuite, mais elle pouvait bien aussi s'expliquer autrement. Néanmoins, si une certaine animation rappelait sur les joues de la jeune fille

une teinte rosée qui n'avait pas reparu depuis la
terrible secousse cataleptique ; si les yeux d'Henri
se fixaient rayonnants sur tout le monde, il y avait
dans l'ensemble de ces deux beaux visages quelque chose de si honnête, que Mme Eliçagaray sentit s'évanouir ses craintes, et accepta avec la même
facilité que Mme Will, les quelques explications
que Henri crut devoir donner sur sa présence.

XXI

Midi était sonné quand la petite caravane rentra dans le bateau de maître Jacques, et la gentille
embarcation continua gracieusement sa course
vers les rives plus avancées de l'Unterwald.

Une fois sur le lac, les voyageurs se réinstallè-
rent comme s'ils entreprenaient une excursion
lointaine. Mme Will reprit sa lorgnette et Mme
Eliçagaray sa broderie.

Quant à Suzanne, après avoir éparpillé autour
d'elle une quantité de fleurs cueillies dans le boi
elle se mit en devoir d'en faire une guirlande.

— Connaissez-vous la botanique, monsieur Olivier, demanda la jeune fille à Henri. qui, debout
près d'elle, la regardait silencieusement.

— Non, mademoiselle, et j'avoue même qu'à l'exception des reines de la flore, je suis incapable de nommer les autres. Ces innombrables fleurettes des champs n'ont pas le privilège de captiver assez mon attention, pour que je désire faire sur elles une étude particulière. Je me contente, lorsque je les rencontre, de les trouver charmantes.

— Il est des hommes de talent qui les aiment et qui ne dédaignent pas de les chanter ; votre Saintine par exemple n'a-t-il pas dit en parlant des fleurs de la prairie :

> Combien j'aime à rêver, à marcher, à m'asseoir,
> Dans leur brillante colonie,
> A contempler des nuits le magique encensoir,
> Ce blanc lychnis qui n'a de parfum que le soir !
> Triste symbole du génie...

En récitant avec une grâce infinie ces vers au rythme charmant, Suzanne ne levait pas les yeux. Occupée à tresser sa guirlande, joli fouillis aux mille couleurs, elle paraissait vouloir se hâter de la terminer.

— Moi, continua-t-elle, croyant que la science de la botanique me ferait admirer davantage encore tous ces joyaux de l'herbe, une fois que j'en connaîtrais les grands noms et les mystères, je me pris tout d'un coup d'une vraie passion pour

Linné ; mais j'avoue que l'illustre Suédois me tou-
cha moins avec sa froide théorie, que la vue de
ces perles, de ces étoiles aux teintes si variées,
aux vies si fragiles. Au bout de quelques leçons
j'ai laissé la serpette, la houlette, la boîte de Dil-
lénius, et un mois plus tard, je confondais avec
une facilité étonnante, les polisépales avec les
monosépales.

La guirlande une fois terminée, Mlle Will la
mit en bandoulière. Cette parure pleine d'originalité lui allait à ravir.

Etait-ce enfantillage ? était-ce coquetterie ? Une
fois que la femme a atteint dix-huit ans, son cœur
est insondable... et Suzanne avait dix-huit ans !

La petite embarcation était arrivée aussi près
que possible de Stanz, chef-lieu du bas Unterwald,
le démocratique canton.

Avant de quitter le *navire*, les voyageurs con-
templèrent longuement l'admirable paysage des
environs. Ni aiguilles de pierre semblant menacer
le ciel ; ni rocs décharnés offrant aux regards leur
sombre décrépitude ; ni torrents impétueux entraînant dans une course effrayante les débris de
toutes sortes. Pas de neiges, excepté celles qui
couronnent la cime du mont Pilate, qu'on aper-

çoit au loin. Tout, au contraire, repose la vue. Rien, que des formes arrondies et gracieuses ; des collines et des vallons parés de la plus admirable verdure; des arbres magnifiques isolés ou groupés, auxquels la cognée ne touche jamais et qui déploient, selon le caprice de la nature, leurs admirables et puissants rameaux ; des prairies à l'herbe fine et serrée, qu'on fauche deux fois l'an ; de gentilles habitations disant le bien-être et la simplicité des indigènes.

Une fois à terre, ces dames et Henri se dirigèrent du côté de Stanz afin d'y découvrir une auberge pour dîner et passer la nuit.

Le long du chemin, nos voyageurs rencontrèrent un homme et une femme, jeunes encore, récitant des prières en égrénant un chapelet.

Ces braves dévots, mari et femme à n'en pas douter, étaient certainement des gens du pays et se reconnaissaient à leur costume.

Lui, portait le gilet rouge sous la veste marron ; elle, une jupe bleue avec un corsage blanc aux manches courtes et bouffantes, un tablier rayé dont la bavette brodée de diverses couleurs, faisait penser aux plastrons des anciennes cuirasses damasquinées.

Henri trouva que les prières en plein vent étaient ridicules, mais ne contesta pas l'air heureux du jeune ménage.

Un peu plus loin, en passant devant une maisonnette de bien humble apparence, une mère envoya son enfant, joli chérubin de quatre ans, saluer ces dames.

Cette manière de souhaiter la bienvenue aux étrangers émut beaucoup le Parisien.

— Comme tout chante dans cette paisible contrée, n'est-ce pas, mademoiselle? dit à demi-voix Henri, s'approchant de Suzanne qui, un peu éloignée, semblait presque rêveuse.

— En effet... la prière n'est-elle pas un chant d'amour, et le salut de cet enfant ne fait-il pas penser au chant hospitalier des Écossais dans la *Dame Blanche*, ce chef-d'œuvre de votre immortel Boïeldieu; puis cette brise légère et parfumée, mélodie indéfinissable qui berce et qui charme ; puis ce murmure de feuillage qui semble dire quelque chose..... vous avez raison, monsieur, ici tout chante.....

Arrivés à Stanz, la gentille patrie de Arnold de Winckelried, nos voyageurs posèrent peu à l'auberge, voulant, avant de monter au Rosberg, visiter les quelques curiosités et souvenirs de la ville, à savoir : les peintures qui décorent la maison commune et l'arsenal ; la demeure du Landam-man Troschesler, qui fut alors celle du héros de Sempach, et l'église dans laquelle eut lieu l'affreux massacre de 1798.

Le dîner, pris à la hâte, fut aussi gai que le repas du matin : chacun se faisait fête de cette excursion sur la fameuse montagne, que le guide proposa de voir au clair de lune.

Le guide avait eu bien raison de conseiller la promenade au Rosberg pour la chute du jour. Le soleil couchant, avec ses rayons inégaux, semblables à des lames d'or bruni, après avoir disparu, portant à d'autres contrées sa clarté et sa chaleur, la reine des nuits, cette autre merveille des cieux, apparut à son tour, et versant sur la montagne sa pâle lumière, dont les reflets fouillaient partout, elle montra le Rosberg dans toute sa splendeur.

Ainsi qu'il arrive presque toujours en voyage, une intimité relative s'était établie entre ces dames et Henri. Le jeune homme allait de l'une à l'autre avec une vivacité toute française. Son empressement paraissait le même pour chacune mais un observateur en eût distingué les nuances.

Pour Mme Eliçagaray, il avait un bras toujours prêt ; pour Mme Will des paroles pleines de déférence et pour Suzanne...

Pour Suzanne, il gardait ses regards les plus doux et ses sourires les plus tendres. Ses yeux et ses lèvres parlaient un langage qu'on ne vous apprend pas, et cependant qu'on sait toujours.

Puis, il écartait de sa route les branches cassées des mélèzes et les cailloux détachés des talus, semblant prendre à tâche de lui rendre uni et facile le chemin qu'ils suivaient ensemble.

Il était fort tard quand la petite caravane rentra à Stanz, malgré ce, Henri avait trouvé le temps bien court, et Suzanne, arrivée au bas du Rosberg, s'était écriée :

— Déjà !...

Ce déjà, mit en feu la pensée du jeune homme. Il broda sur ce *déja* quelque chose de charmant : son cœur devenait complice de son esprit.

Quel était ce quelque chose ?

Une idylle éthérée dont le principe et la fin se perdaient dans les brumes ; un rêve parfumé et chantant comme ceux qu'on souhaite le soir en s'endormant.

Le sommeil ne vint pas pour Henri. Tout à ses impressions nouvelles, il se tint avec bonheur éveillé, se rappelant minute par minute la journée écoulée ; se désolant à l'idée qu'une fois rentrés à Lucerne, il ne reverrait peut-être plus Suzanne, qui, d'un jour à l'autre, pouvait quitter la Suisse, et Suzanne était maintenant sa préoccupation constante, le but de toutes ses pensées.

Pour la première fois de sa vie, le jeune homme aimait dans la sainte acceptation du mot.

Trop intelligent et trop instruit lui-même pour ne pas apprécier l'intelligence et l'instruction des autres, après s'être épris de la beauté de Suzanne, il s'éprit de sa supériorité réelle sur la plupart des femmes de son âge. Sans considérer les suites de cet amour né de la veille et qui avait déjà tant d'empire sur son cœur, il s'y abandonnait avec l'ivresse de ces sentiments vrais qui ne calculent pas. Au delà du bonheur de voir et d'entendre la jeune fille, il ne songeait à rien. L'avenir n'existait point pour lui, il ne vivait que du présent.

Mais lorsqu'à travers ses rêves, il voyait apparaître une vision blanche, voilée et couverte de fleurs, une autre vision, terne et froide se dressait devant la première; c'était celle de l'exil, qui lui montrait Paris incendié, ses amis révoltés et sa famille en pleurs.

Il rejetait alors ces ombres de deuil, et reportait sa pensée tout entière vers le douce image de Suzanne, imposant à son esprit de ne rien voir au delà.

XXII

Le lendemain, dès l'aube, les touristes reprenaient la route de Lucerne.

Le trajet se fit avec rapidité. En passant de nouveau devant les lieux qu'ils avaient la veille admirés, nos voyageurs les saluèrent comme des amis qu'on revoit.

Quoique moins animé que l'aller, le retour fut encore délicieux ; seulement, une légère pâleur dénotait chez les femmes une certaine fatigue, et lorsque la petite société mit pied à terre sur le quai, chacun parut fort aise d'être arrivé.

A peine avait-on avancé de quelques pas dans la ville, qu'Henri Olivier se trouvait face à face avec un homme âgé d'une quarantaine d'années, et dont la vue lui fit faire un mouvement de recul.

Cet homme, dont les vêtements négligés et la barbe très longue disaient ou la gêne ou le manque de tenue, s'arrêta sur-le-champ, et tendit à Henri une main peu soignée, que ce dernier prit avec peine, et en jetant à la dérobée un regard sur ces dames qui, par discrétion, s'éloignaient.

— Comme ma vue paraît te charmer, c'est étonnant, — dit d'un air ironique l'individu à longue barbe, remarquant la contrainte du jeune homme, — serais-tu renégat, par hasard ? — Puis, après avoir examiné Henri de la tête aux pieds, et frappé, sans doute, de sa tenue élégante — hum, hum, j'ai peine à croire que tu n'aies pas renié, au moins une partie de tes serments, et oublié que les immortels principes de 89 devaient être la base de la conduite des frères.

— Allons donc, quelle plaisanterie, répondit le pauvre garçon, qui aurait voulu être bien loin... As-tu des nouvelles de France ?

— Aucune, depuis mon départ. Il y a peu de temps, du reste, que je l'ai quittée. Jusqu'alors, j'étais parvenu sans trop de peine à me cacher, espérant toujours voir triompher notre grande

cause ; mais le moment n'est point encore venu,
et.les puissants du jour, désireux sans doute de
s'illustrer d'une manière quelconque, marquent
leur passage par des flots de sang. Il n'est pas
lâche de se sauver, surtout quand on conserve sa
vie pour combattre... Je me suis donc sauvé.

— Comment te doutais-tu que j'étais à Lucerne ?

— Mais je l'ignorais complètement ; notre rencontre est fortuite, et j'avoue que je te reconnais
à peine.., tu sens le patchouli, mon cher... quelles sont ces dames que tu escortais ?

— Des Américaines...

— Compris...

— N'aie aucune mauvaise pensée, je te prie ;
je les connais à peine. Nous venons de voyager
ensemble, et par politesse je les reconduisais.

— Ah ! veux-tu prendre une chope et fumer un
cigare ?

Soit crainte, soit faiblesse, le jeune homme
accepta.

Ils entrèrent donc dans un estaminet voisin.
Là, on leur servit de la bière en apportant des
londrès, et la conversation, à peine ébauchée un
instant auparavant, prit un tour plus sérieux.

L'ami politique d'Henri n'était pas le premier

venu. Très intelligent, plus instruit que beaucoup, il maniait la parole avec une facilité remarquable, suspendant à ses lèvres ceux qui l'écoutaient, néanmoins, nature insondable, cet homme restait une énigme pour tous. Quelques-uns cherchèrent à deviner ce qu'il y avait au fond de ce cœur qui semblait se montrer, mais que pourtant on ne voyait point, et durent avouer leur impuissance ; quelques autres, vivant de sa vie, en arrivèrent, au bout de plusieurs années, à se demander si celui qui rêvait transformer le monde était un fou ou un sage, s'il était comédien ou convaincu.

Henri, qui connaissait la fascination de cet homme et le pouvoir qu'il exerçait sur tous, se mit en garde. Pendant un grand quart d'heure, il fût maître de lui-même. Aucun argument n'eut d'abord prise sur son esprit ; mais bientôt après, se sentant faiblir, il essaya de lutter ; lutte impossible, et quand le jeune homme sortit, il avait oublié les pleurs de sa mère, les souffrances de Mme Eliçagaray, la douce voix de Suzanne, et les principes dont la déplorable logique avait pesé sur sa jeunesse régnaient maintenant en souverains dans son cœur.

Une fois que les idées premières d'Henri Olivier

eurent repris le dessus ; que la fièvre malsaine,
ainsi qu'un vin capiteux, fut montée à son cerveau, alors les rêves qui jadis l'avaient entraîné
de l'erreur à l'exil, se représentèrent à son esprit
dans tous leurs charmes menteurs ; puis, généreux et vrai comme on l'est presque toujours à
vingt-cinq ans, il y crut comme au premier jour.

Mais, si un instant il oublia Suzanne, la jeune
fille reprit vite sa place, et trôna au milieu des
pensées folles, comme une reine victorieuse sur
ses sujets en révolte ; et, aux pieds de cette chère
image, Henri jeta tous ses rêves de liberté et de
gloire, comme il eût jeté une moisson de fleurs.

Chaque jour, à peine les étoiles matinières
avaient-elles disparu, que le nouvel arrivé frappait
chez le jeune homme. Cette visite quotidienne
étonna d'abord l'hôte du Bois-Touffu ; mais
comme, à tout bien prendre, il y trouvait son
avantage, puisque cela lui permettait de porter
sur le compte d'Henri un double déjeuner, il finit
par regarder la chose comme toute naturelle et
ne s'en inquiéta pas davantage.

Que se passait-il alors entre ces deux hommes
si différents d'aspect et d'allures, pendant les quatre grandes heures qui, tous les jours, les voyaient

réunis ? Personne n'eût pu le dire, car même seuls ils parlaient bas, et quand la servante allait et venait pour les servir, ils n'échangeaient pas une seule parole.

Pourtant les deux amis ne conspiraient point dans l'acceptation propre du mot ; mais ils voulaient l'impossible, et comprenant par intuition que le développement de leurs idées paraîtrait sans doute étrange, ils s'arrangeaient de façon à n'être point entendus, si quelques oreilles indiscrètes tentaient de les écouter, et, devant témoins, ils se taisaient.

Ces entrevues durèrent presque un mois, au bout duquel le fédéré disparut, laissant germer dans une terre, hélas ! fertile, la semence empoisonnée, qui avait déjà produit de si déplorables fruits.

Mais, lorsqu'Henri se trouva seul, il se fit autour de lui un vide étrange, un de ces silences qui semble l'écho lointain de nos douleurs ! Puis, les pensées nombreuses et confuses l'absorbèrent ; il vit les événements et les choses comme à travers les brumes d'un songe, et n'ayant plus de point d'appui, il se sentit presque chanceler.

Cependant, les faits, confus d'abord, perdirent

peu à peu de ce vague né de l'émotion qui, dans
certaines circonstances, entoure notre intelligence,
et le souvenir se dégageant du passé, ainsi que se
dégagent les arbres du vallon, quand la matinée,
succédant à l'aurore, dissipe les brouillards de la
nuit, il se rappela ses défaillances dans les voies
qu'il avait successivement suivies.

Le pauvre garçon, se rendant compte alors de la
versatilité de son caractère, se prit en pitié. Heu-
reusement qu'au-dessus de ce chaos moral planait
toujours Suzanne, rayonnante de beauté, charmante de grâce ; en esprit, il la voyait sans cesse,
et parfois, pour la mieux admirer encore, il fer-
mait les yeux.

Le temps avait passé ; Henri ne s'en rendait pas
compte. Il lui semblait que sa vie était arrêtée, et
ne pensait pas un seul instant que les jours qui
fuyaient pouvaient amener bien des changements,
autour de lui.

Le froid, un peu humide, succédait aux beaux
jours d'automne. La bise glacée, soufflant entre les
montagnes, et la grande voix des torrents plus
profonde et plus murmurante encore par les nuits
longues et noires, faisaient un ensemble presque
lugubre ; et dans ce milieu, attristé par les premières

rigueurs de l'hiver, Henri oubliait tout, excepté son
amour, Henri rêvait, ne se demandant pas comment au chalet, on interpréterait son inqualifiable
désertion, se refusant même à supposer que
Mmes Will pourraient ne plus y être.

XXIII

Elles y étaient encore, en effet, retenues par
Mme Eliçagaray qui, s'appuyant des naufrages
relatés dans le journal de Lucerne, déclara qu'elle
s'opposait à laisser partir ses amies à l'époque de
de l'année pendant laquelle les sinistres en mer
semblent plus fréquents ; mais du jeune homme,
on ne parlait pas.

La cause de ce silence n'avait rien que de naturel.   .

Après s'être étonnées de l'incident qui les avaient
séparées de leur cavalier, ces dames s'étonnèrent
davantage encore de ne point le revoir.

Puis les visites de l'inconnu à longue barbe que
chaque matin on rencontrait sur la route de Sainte-
Colombe, se dirigeant vers l'auberge du Bois-

Touffu, devinrent un sujet d'observation pour beaucoup. Le docteur Fritz fut, un des premiers, saisi de cette particularité, et malgré son indulgence, blâma hautement le jeune homme devant les dames du chalet. Pour lui, il était évident qu'Henri s'occupait de politique, et que sa passion, un instant apaisée, reprenait le dessus avec plus de violence sans doute.

Mme Eliçagaray parut affligée de cette manière d'être du jeune homme, pour lequel, déjà, elle se sentait vraiment de la sympathie, et Mme Will en demeura, pendant quelques jours, toute songeuse.

Quant à Suzanne, aucun sentiment ne se trahissait sur sa jolie figure. Elle assistait, impassible en apparence, au jugement rendu et à la condamnation prononcée par sa mère et son amie contre le déserteur, mais gardait au fond de son âme l'impression douloureuse que lui causaient les principes erronés d'Henri et sa conduite étrange vis-à-vis de toutes.

Fille d'une mère dont la manière de voir, parfaitement arrêtée, n'avait jamais subi l'ombre d'une variation, si elle conservait en son cœur les pures doctrines de son enfance, un jugemeut droit et une intelligence rare lui étaient aussi venus en aide dans l'avenir, car, non seulement Suzanne avait accepté avec déférence les principes qu'on inculquait à son jeune âge, mais encore, lorsque la raison vint éclairer pour elle les hommes et les choses, la jeune fille les apprécia à leur juste valeur ; et ce qui, de prime abord, avait été pour l'enfant le résultat de son respect envers sa mère, devint par la suite une conviction propre.

Partant de là, le caractère ferme de Suzanne ne savait, ne voulait pas transiger ; cependant, elle aussi aimait, de ce même amour unique et pur qui marque dans la vie en traits de flammes, et dont l'anéantissement brise le cœur.

Alors, cacha-t-elle dans le plus profond de son âme, ses sentiments et sa douleur, non pas qu'elle se crût coupable, mais, comme d'une part, rien de positif dans la conduite d'Henri ne l'autorisait à avertir Mme Will, et que dans l'autre la jeune fille ne consentirait jamais à devenir la compagne d'un homme dont les principes condamneraient les convictions, elle se renferma dans son chagrin et personne ne sut combien Suzanne souffrait quand, le regard souriant, elle allait de sa mère à son amie porter ses baisers.

La neige, une neige de novembre, tombait lé-

gère sur le sol qu'une belle gelée avait durci.
Semblable à la dépouille des cygnes, quelques-
unes de ces gentilles étoiles faites d'eau et de froid,
voltigaient dans l'air et poussées par le vent, s'ac-
crochaient aux arbres sans feuillage ; quelques
autres allaient s'anéantir sur la pierre grise des
rochers, qui alors se mouchetaient de noir.

Au chalet, il faisait silence. Dans le petit salon,
joyeusement chauffé, on n'entendait que le bruit
de la plume de Mme Will courant sur le satin du
papier; le cri des ciseaux de Mme Eliçagaray, tail-
lant de grossières chemises de toile destinées aux
pauvres qu'elle soulageait tout bas, et le mouvement de Suzanne qui, le coude appuyé sur les
touches du piano ouvert, tournait avec lenteur les
pages d'un de ces albums de photographie comme
il y en a partout.

La jeune fille regardait, sans les voir, les por-
traits de gens inconnus qui passaient sous ses
yeux comme dans une lanterne magique.

A quoi pensait-elle ?

Suzanne ne pensait à rien.

A qui pensait-elle ?

Suzanne pensait à *lui*, et *lui* c'était Henri Olivier.

La jeune fille, elle aussi, rêvait encore, mais à son amour évanoui, et la fière puritaine regardant, à l'heure présente, cet amour comme impossible, ainsi qu'elle en avait gardé soigneusement cachée la première atteinte, renfermait dans son âme la douleur que lui causait sa blessure.

Et puis, comme il n'y avait pour Suzanne que deux sciences en ce monde, celle du bien et du mal, sans cet état intermédiaire qui n'est ni l'un ni l'autre, lorsque sa pensée semblait vouloir prendre son essor vers les régions inconnues qu'on lui disait pleines de perfides ombres et de tristes mystères, elle la retenait dans les étroites limites d'une ferme volonté, ne voulant pas s'abaisser jusqu'à les connaître. Alors, forte de sa force morale, elle luttait et combattait seule, sentant bien s'écrouler les joies de sa jeunesse, mais certaine de ne point faiblir.

A un moment donné, les trois femmes relevèrent en même temps la tête. : Mariette venait d'annoncer M. Henri Olivier.

On fit au jeune homme un accueil cérémonieux et froid. Si cérémonieux et si froid, qu'il perdit contenance et ne trouva pas un mot à dire qui ne fût une banalité ou une absurdité.

Le pauvre garçon vit bientôt que chaque parole
lui faisait perdre du terrain. Alors, il se livra dans
son cerveau un de ces combats dans lesquels l'a-
mour propre entre en lice avec la sagesse ; et,
comme cette dernière est toujours vaincue en
pareille circonstance, Henri sentit la colère le
gagner, la révolte suivre, et quittant aussi le menu
des conversations ordinaires, il se lança dans des
discours ridicules, fit allusion aux principes si
peu en rapport avec ceux de ces dames, interro-
geant, répondant, comme ces songe-creux qui
veulent imposer à un auditoire ennuyé, le programme de leurs chimères.

Perdu dans les arguments inutiles et sans fin,
vrais sophismes dont le jeune homme étalait la
misère, Mmes Éliçagaray et Will le laissèrent
parler, se demandant si la raison du jeune homme
n'avait pas subi une légère ateinte, ce dont elles
eussent été moins tristes que d'un retour à des
idées premières, et, surtout d'une bravade qui,
non seulement ne s'expliquait pas, mais encore
que condamnait la plus simple politesse.

Lorsqu'Henri s'aperçu enfin que la position
n'était plus tenable, il se leva, offrit à ces dames
l'expression de son respect, et sortit à reculons,

pour voir aussi longtemps que possible cette belle
Suzanne qu'il aimait vraiment, et près de laquelle
il comprenait bien ne pouvoir revenir.

Tandis que les habitants du chalet devisaient
sur cette visite presque intempestive et déplo-
raient le changement survenu chez le jeune
homme, lui, arpentait la route qui le séparait de
Sainte-Colombe, absolument comme un malfai-
teur qui se sait poursuivi.

Le pauvre garçon marchait en se retournant à
chaque pas. Il n'avait conscience ni de la neige
qui, de minute en minute, devenait plus épaisse,
ni du froid qui augmentait d'intensité à mesure
que la nuit approchait. Les pensées, en se heurtant aux parois de son cerveau, menaçaient de le
perforer ; elles lui semblaient un brasier qui le
dévorait à mesure qu'il les sentait renaître; certaines folies doivent commencer ainsi.

C'est dans cet état, semblable à l'ivresse produite
par les vins m échants, qu'Henri rentra à l'auberge.

L'hôte du Bois-Touffu, effrayé de sa paleur,
lui en demanda la cause.

— Je souffre, répondit brusquement le jeune
homme en montant aussitôt dans sa chambre.

Une fois enfermé dans le petit réduit où il

avait déjà tant rêvé à Suzanne, où sous l'influence malsaine de cet ami apparu tout à coup, ainsi qu'aux jours néfastes sortent de la terre des gens à figures sinistres, il s'était laissé subjuguer par cette parole éloquemment captieuse, Henri se sentit brisé, anéanti ; puis, sous l'empire d'une tristesse dont il ne fut pas maître, le pauvre garçon se mit à pleurer.

Oui, il pleura de vraies larmes encore, se demandant compte à lui-même de cette douleur à laquelle il ne pouvait donner un nom ; appelant les uns après les autres tous ceux qu'il aimait comme si leur chère présence devait dissiper l'étrange souffrance qui se traduisait par des sanglots d'enfant.

Enfin l'apaisement se fit dans son esprit et dans son cœur. Un calme relatif succéda aux émotions qui, depuis plusieurs heures déjà, le tenaient enserré et, le cerveau dégagé de ces pénibles étreintes, il put se demander :

— Mais qu'ai-je donc ?

A cette question, que le jeune homme se posait, il ne se répondit pas tout d'abord. Savait-il seulement pourquoi il s'était fait un jeu de braver, en face, les principes de gens qu'il respectait

comme il respectait sa mère ? Pourquoi ensuite
il avait senti la tristesse le gagner et le vaincre.

La nuit, en laissant tomber ses voiles, rendus
plus épais encore par les tourbillons de neige qui,
maintenant, frappaient les vitres, plongeait dans
une profonde obscurité la chambre d'Henri.

Ces ténèbres, du reste, auxquels le jeune
homme ne prenait point garde, convenaient à ses
réflexions, sans doute, mais ne surent l'inspirer
raisonnablement ; car, après avoir passé en revue
tous les moyens, selon lui possibles, afin de sortir
de la position étrangement ridicule qu'il s'était
faite, il finit par adopter, non seulement le plus
hardi, mais encore celui qui, selon l'ordre des
choses, devait lui assurer le moins de chance de
succès : écrire à Suzanne.

Après avoir demandé de la lumière et annoncé
qu'il ne souperait pas, Henri tenta de composer
une lettre, et, disons-le, à sa louange, non seulement il réussit, mais encore il s'éleva vraiment
au-dessus de l'ordinaire, dans cette courte épître
destinée à le réhabiliter.

Il ne parlait pas à la jeune fille de son amour,
seulement, il disait combien l'aberration dont il
venait de faire preuve, renversait d'espérances ;

les mots n'existaient point, mais la pensée, en quelques lignes, y était tout entière. Le pauvre garçon s'accusait, s'humiliait d'une faute indigne de pardon, et ne demandait qu'une seule chose ; être considéré comme insensé.

Lorsque la lettre fut achevée, Henri trouva des difficultés grandes pour la faire parvenir. La poste, il n'y fallait pas penser ; à Mariette ? encore moins.

Il passa la nuit à réfléchir ; les combinaisons les plus bizarres, les plus extravagantes, traversèrent son esprit.

— Que faire ? se demandait-il, en tournant et retournant cette petite enveloppe, dans laquelle il avait mis tous ses regrets et répandu tout son cœur.

Puis, la matinée s'écoula, matinée longue, triste et froide, pendant laquelle le vent grondait sonore entre les montagnes, et le tantôt ne le trouva pas plus avancé que la veille.

Le soir revint, et avec lui, le calme dans la nature.

La rafale fit place à un air piquant qui ne tarda pas à diamanter les arbres couverts de neige, et sur le sol inégal et brillant, la lune laissait jouer

ses rayons semblables à de pâles feux du Bengale
allumés çà et là, par une main invisible.

Le temps superbe succédant tout à coup à des
heures tourmentées, invita Henri à sortir. Il quitta
donc l'auberge, et prit le premier chemin venu.

Ce chemin conduisait assez directement à Lucerne.

Comme le jeune homme n'avait aucun but, il
cheminait insouciant de ses pas, contemplant les
légers nuages blancs qui couraient sur la voûte
étoilée, changeant de forme à chaque instant et
voilant l'astre des nuits l'espace d'un instant.

Tout à coup il aperçut, s'allongeant dans la
demi-obscurité, deux silhouettes de femme : la
première, élégante et mince ; la seconde, moins
gracieuse et moins mignonne. L'une et l'autre
marchaient à la façon des enfants, tantôt d'une
allure mesurée, tantôt comme si la peur, s'éveillant soudain, elles voulaient fuir un danger. Puis,
dans le silence de la campagne, on entendait leurs
voix dissemblables jeter dans l'espace des mots
sans suite que répétaient les échos.

En ce moment, Henri tressauta. Il venait de
reconnaître Mlle Will et Mariette.

D'où viennent-elles ainsi ? se demanda le jeune

homme, qui pensa aussitôt à la lettre qu'il avait dans son portefeuille, et trouvant l'occasion peut-être favorable, se hâta de rejoindre les promeneuses, qui poussèrent un petit cri en l'apercevant.

— Vous ici, mademoiselle, à cette heure, et par ce temps de froid et de neige? dit Henri en abordant respectueusement Suzanne.

— Mais il n'est point tard encore, monsieur, et je suis bien couverte, se hâta de répondre la jeune fille, ne voulant pas avoir l'air de comprendre la question indirecte qui lui était posée.

— C'est aujourd'hui le marché de Lucerne, ne craignez-vous pas, mademoiselle, que, parmi les fromagers attardés, il ne s'en trouve qui cherchent à vous effrayer, ou ne redoutez-vous point la rencontre de quelques animaux chassés par la faim de la forêt voisine?

— J'ai déjà assez voyagé pour savoir éviter les dangers, surtout quand ils ne sont pas plus redoutables que dans ces parages, répondit Suzanne en souriant.

— Alors, vous refusez que je vous accompagne jusqu'à la grand'route?

Henri avait à peine achevé ces derniers mots,

que la jeune fille, faisant un mouvement provo-
qué sans doute par l'inégalité du sol, laissa tomber une aumônière qu'elle tenait à la main.

La bourse rendit un son métallique, et, sous la
pâle clarté de la lune, on vit s'en échapper quelques menues pièces de monnaie que Mariette
aussitôt ramassa.

L'heure choisie, le voisinage de trois ou quatre
misérables huttes, qui gardaient derrière leurs
murs de brindilles et de boue, des infirmes et des
vieillards, l'argent de l'escarcelle, le tout enfin,
lui fit deviner que Suzanne allait visiter les pauvres de la veuve du chalet.

Profitant alors d'une occasion unique, sans
doute, il s'approcha davantage encore de la jeune
fille, et prenant dans son portefeuille la lettre
écrite quelques heures auparavant, il la cacha au
milieu des plis d'un billet de banque de cent
francs, et tendit le tout à Suzanne.

— Voulez-vous bien, mademoiselle, me pardonner de vous avoir devinée, me permettre de
joindre mon obole à vos aumônes, —murmura-t-il
d'une voix tremblante, — et demander pour moi
aux malheureux que vous allez secourir, une de
leurs prières, continua-t-il en s'éloignant?

Le dernier mot prononcé par Henri, le mot de
« prière » résonna comme un chant pieux au
cœur de la jeune fille. Elle avait aussi parfaitement senti craquer le satin de l'enveloppe sous le
léger papier représentant le don pour les pauvres,
puis elle comprit qu'en lui parlant il pleurait.

Alors, avec cette intuition qui est la plupart du
temps le privilège des femmes, la vérité tout entière apparut à Suzanne. Aussi, quoique étant parfaitement décidée à donner connaissance à sa
mère de la lettre qu'elle pressentait, l'enfant in-
dulgente et prudente se promit bien de la lire par
avance.

— Si cette lettre le condamnait davantage encore, se dit-elle, je la brûlerais, afin de laisser
ignorer à tous cette nouvelle faute; mais je parlerai quand même de la rencontre et de l'argent.

Et, séparant l'un de l'autre, Suzanne mit les
cent francs dans la bourse et la lettre dans son
corsage; puis, tandis que le jeune homme, la tête
en feu, rentrait à l'auberge du Bois-Touffu, toujours suivie de Mariette, elle allait de hutte en
hutte porter, au nom de Mme Eliçagaray, les secours que les malheureux habitants savaient bien
ne point attendre en vain.

XXIV

Minuit était sonné depuis longtemps déjà à toutes les horloges de Lucerne et à celles des petites chapelles distancées sur le bord du lac. Ces dernières semblaient autant d'échos éloignés, répétant dans la campagne cette heure, la plus solennelle entre toutes, puisqu'elle annonce un jour nouveau.

La soirée, déjà belle, devenait graduellement splendide, s'irisant de tons indéfinissables. La lumière de la nuit, éclairant les ténèbres d'une façon étrange, donnait à cette nature imposante une majesté que rien ne saurait rendre. Il faut assister à un de ces spectacles d'hiver, en Suisse, pour avoir une idée des effets produits. Ni le pinceau de l'artiste, ni la plume de l'écrivain, ne pourraient donner assez de vie à cette nature sommeillant sous son linceul de neige, et sous son ciel bleuâtre, piqué d'or.

Au chalet, tout le monde dormait, excepté Suzanne qui, le front appuyé sur un des carreaux de la fenêtre de sa chambre, regardait machinale-

ment la campagne. De temps en temps, elle quittait son poste, venait s'asseoir quelques minutes ;
puis retournait à la vitre cristallisée qu'elle abandonnait bientôt.

Ouverte sur une petite table, la lettre d'Henri
gisait entre un bouquet de fleurs d'hiver et une
longue chaîne d'or, à laquelle pendait un médaillon représentant un homme, dont les traits de la
jeune fille étaient la vivante image.

Cette lettre, qui tenait Suzanne encore éveillée
à une heure aussi avancée de la nuit, avait produit sur l'âme vierge et pure de l'enfant, une impression profonde. Si, d'une part, elle croyait aux
sentiments exprimés par le jeune homme, de
l'autre, elle se rappelait les principes qu'il affec-
tait, et son cœur, à elle, dût-il en être broyé,
Suzanne ne voulait pas se donner le droit de
l'aimer.

D'instant en instant, elle jetait les yeux sur le
médaillon, dont la fine peinture représentait son
père, y rivait son regard pendant quelques minutes, comme pour s'inspirer, puis retombait dans
ses rêveries.

A Mme Will, sa fille n'avait rien dit, car il eût
fallu alors laisser deviner des sentiments qu'elle se

faisait un devoir de cacher, et Suzanne trouvait inutile de souffrir à deux.

Mais, si Henri Olivier n'implorait que la pitié, certes on comprenait facilement qu'il attendait autre chose, sinon ressaisir une espérance, qu'avec juste raison il regardait comme anéantie, voir au moins se rouvrir la porte qu'il venait de se fermer si follement.

La jeune fille n'ignorait pas que les convenances lui défendaient de répondre à l'homme qui, dans une heure délirante, s'était permis de lui écrire ; cependant, son caractère américain trouvait des excuses à cette faute, condamnée par la morale et par la bienséance, mais absoute par le cœur, et cherchait un beaume pour panser la blessure qu'elle allait faire.

Aussi Suzanne ne savait à quoi s'arrêter.

La pauvre enfant, fidèle à ses doctrines, ne voulait laisser à Henri aucune espérance, et pourtant elle ne voulait point le briser.

Grâce à ces alternatives de réserve et d'indulgence, il en fut de la détermination de la jeune fille, ce qu'il en avait été la veille de celle d'Henri. Après les avoir pesées toutes bien des fois, elle s'arrêta enfin à la plus insensée : Un rendez-vous.

Quand son esprit se fut peu à peu habitué à
cette quasi énormité, que son imagination, se
faisant flatteuse, et par cela même, complice
d'une véritable folie, lui dissimula complaisam-
ment la hardiesse d'une telle démarche, Suzanne
ne pensa plus qu'aux moyens d'arriver à son
but.

Bien déterminée à ne se montrer au jeune
homme qu'étayée des principes les plus sévères,
elle ne voyait qu'une chose dans cet acte condamnable : empêcher Henri de songer davantage à
elle. S'il existait au fond de son cœur un autre
sentiment, la pauvre enfant n'en avait certes pas
conscience.

Lorsque le paresseux crépuscule d'un jour plus
paresseux encore vint marquer l'horizon de sa
ligne de feu, que tout s'éveilla au chalet, Suzanne
releva ses beaux cheveux qui, pendant la fatigue
d'une nuit sans repos et sans sommeil, s'étaient
détachés, fit sur ses yeux, gonflés par l'insomnie,
quelques lotions d'une de ces eaux parfumées,
raffinement de bien-être dont les Américaines ont
seules le secret et tenant cachée entre les feuilles
d'un petit carnet dont elle ne se séparait jamais,
la lettre d'Henri, sur la page blanche de laquelle

la jeune fille n'avait écrit que ces mots : *Demain trois heures au cimetière*, elle descendit au salon, en attendant le moment favorable pour aller à la poste.

Son extrême pâleur n'échappa point à sa mère. Mme Will s'en émut d'abord; mais ses craintes se dissipèrent bientôt, quand elle vit sur les lèvres de sa fille, ce rire rose et perlé qui était certes un de ses plus séduisants attraits.

La lettre d'Henri et les quelques mots au crayon tracés de la main même de Suzanne, brûlaient le cœur de la jeune fille sous la ceinture de son corsage. Que de fois, pendant ce jour qui semblait ne pas devoir finir, l'enfant presque coupable fut sur le point d'avouer à sa mère le secret qui commençait à lui peser si fort! Elle ne le fit point pourtant, et les heures se traînèrent ainsi jusqu'au lendemain.

En appelant Henri Olivier au cimetière, l'endroit même désigné était de nature à imposer le respect, et ce fut cette pensée qui, d'abord, inspira Suzanne, puis ensuite là où souvent elle se rendait seule, lorsque Mme Eliçagaray ne pouvait sortir, il lui était plus facile de le rencontrer.

L'effet que produisit sur le jeune homme la de-

mande d'un rendez-vous que jamais il n'aurait osé
solliciter, ne saurait se dire : Les sensations les
plus différentes, se manifestèrent dans son esprit
et dans son âme. Il sourit et trembla de cet appel
étrange ; se figura Mlle Will, une habile courtisane
ou la plus noble des créatures ; sentit, tour à tour,
son orgueil se réveiller et son cœur se réjouir ;
crut à la folie et à l'amour, et trouva, qu'à défaut
d'une femme charmante, Suzanne serait la plus
adorable des amies.

Ces sentiments ne se démentirent point jusqu'à
l'heure attendue avec tant d'impatience. Bien
avant le moment désigné, le jeune homme par-
courait les allées du cimetière que la neige couvrait de son manteau d'hermine, à travers lequel
passaient les croix les plus élevées et les herbes
les plus hautes. De temps en temps, il regardait
les diverses inscriptions gravées sur la pierre ou
peintes sur le bois, les unes navrantes comme un
cri de douleur, les autres simples et naïves comme
des larmes d'enfant, et pensait, malgré lui, à cet
au delà de la vie, problème que nul ne sait résoudre,
effrayante vérité qui ne dit son secret qu'aux morts.

Après une assez longue attente, Suzanne arriva.
Enveloppée dans un grand vêtement de laine

13

bleu d'azur, et portant à la main une couronne faite de chrysanthèmes et de roses d'hiver, elle rappelait vraiment ces belles filles de la Judée, types choisis par les Raphaël, les Michel-Ange, les Titien et tant d'autres génies. En apercevant Henri, de très pâle qu'était son visage, il s'empourpra aussitôt. La chaleur qui, malgré le froid montait à ses joues sembla l'oppresser, et, dégraffant son vêtement, elle le laissa glisser à ses pieds. Alors, la jeune fille, dépouillant sa livrée d'ange, apparut resplendissante de jeunesse et de pureté, sous sa robe de cachemire, aussi blanche que la neige qui couvrait la terre, aussi gracieuse dans sa simplicité que les plus beaux atours inventés par la mode.

En un instant, toutes les pensées profanes qui s'étaient jouées dans le cerveau d'Henri, disparurent comme par enchantement, et le jeune homme eut honte de les avoir conçues. Ainsi qu'on s'incline devant les saints et les martyrs, ainsi il s'inclina devant Suzanne, mais d'un regard elle le contraignit vite à se relever.

— Allons, par ici, dit-elle, en désignant de la main qui portait la couronne, le tombeau de Madeleine.

Et le long des sentiers durcis, Henri suivit la jeune fille.

Arrivés au pèlerinage où, chaque jour, on renouvelait les fleurs, Suzanne y déposa les siennes et entourant d'un de ses beaux bras la colonne brisée, comme pour se mettre sous la protection de l'ange qui dormait à ses pieds, elle se recueillit quelques secondes ; puis, d'une voix douce et claire :

— Monsieur Olivier, dit-elle, si je vous appelle ici, loin de ma mère et sans témoins, c'est que j'ai foi en votre honneur; je suis convaincue que jamais, vous ne flétrirez la démarche que je fais en ce moment, et lorsque, plus tard, une circonstance où une autre vous rappellera Suzanne Will, à mon souvenir se joindra, je l'espère, le respect que je suis en droit d'attendre de vous.

Le jeune homme voulut alors se saisir de la main de Suzanne, mais elle la retira doucement et continua :

— Vous ne m'avez pas écrit « je vous aime », cependant vous me l'avez laissé deviner. Eh bien ! monsieur, je suis venue ici tout exprès pour vous dire : « Ne m'aimez plus ». Gardez pour celle qui deviendra votre femme ce sentiment sublime. Il ne

saurait naître qu'une fois dans le cœur, sous peine
de le déflorer. Rien, du reste, ne doit sérieuse-
ment vous attacher à moi. Etrangère à votre patrie,
à votre famille, inconnue encore hier, vous devez
m'oublier. Demain une autre me remplacera. Vous
en ferez la compagne d'une vie qui commence,
l'amie du foyer que vous créerez bientôt. Et si mes
vœux de bonheur peuvent quelque chose sur
votre avenir, croyez, monsieur, que personne
n'en forme de plus sincères que Suzanne.

La voix de la jeune fille s'éteignit presque, en
prononçant ces derniers mots, et sentant l'émotion la vaincre, elle se hâta de jeter sur ses épaules
son long vêtement bleu, et allait s'éloigner, quand
Henri, qui était resté comme pétrifié, fit pour la
retenir un geste si suppliant, que la jeune fille
s'arrêta.

— Pourquoi vous en aller déjà, mademoiselle,
j'ai tant de choses à vous dire.

— Je ne puis, je ne dois rester longtemps
absente.

— Quelques mots seulement...

Mais, ces quelques mots, Henri ne les prononçait pas, et un silence plus éloquent, du reste, que
des paroles, silence presque solennel qu'on eût dit

plein de chants et de soupirs, plana sur cet ensemble fait de vie et de mort.

Le jeune homme comprit enfin qu'il fallait parler. Surmontant alors l'espèce de timidité qui,
depuis l'arrivée de Suzanne, le réduisait au mu-
tisme, et désignant du doigt la tombe de Madeleine :

— Sur les cendres de cette enfant qui dort son
éternel sommeil, je vous jure, Mademoiselle, que
l'amour, cet amour que vous rejetez, que vous
méprisez, peut-être, je vous jure qu'il avait droit
à votre pitié. Quelque chose au fond du cœur doit
vous dire que je ne mens pas, et qu'il me faut
aujourd'hui pour être heureux votre présence,
votre sourire. Avant de vous avoir rencontrée, je
ne savais pas ce que c'était qu'aimer ; maintenant
je comprends qu'il est des sentiments dont on
meurt.

— Permettez-moi, monsieur, d'invoquer vis-à-
vis de vous les sages lois de la raison, cette grande
conseillère qui ne trompe jamais, de me faire à
cette heure la plus vieille de vos amies, et laissez
Suzanne vous parler comme vous parlerait votre
mère.

Henri s'inclina ; le coude appuyé sur la pierre

tumulaire, il plongea son regard chargé de tendresse dans le regard assuré et candide de la jeune fille, et écouta.

— Ne croyez-vous pas avec moi, monsieur Olivier, que pour être heureux et pour s'aimer toujours, il soit nécessaire, non seulement d'avoir les mêmes goûts, mais encore les mêmes opinions et les mêmes croyances.

Le jeune homme qui commençait à comprendre balbutia un oui, mais si faible !

— Ne pensez-vous pas encore qu'il serait triste de vivre l'un près de l'autre, en différant de principes ? Que les jours sembleraient bien longs, alors qu'on ne s'entendrait pas ? Tenez, encore une fois, monsieur, oubliez votre rêve, car la Providence, à laquelle je crois de toutes les forces de mon âme, dont je veux suivre jusqu'à ma dernière heure les enseignements divins, la Providence, dis-je, ne bénirait pas notre amour. Vous, acceptez le programme de lois qui tentent de renverser les lois anciennes et sacrées, qui ont protégé mon berceau et donné à ma mère la véritable indépendance ; moi, je n'en veux pas suivre d'autres. Vous, pensez qu'on vit heureux ici-bas, sans foi et sans Dieu ; moi, qui suis femme et faible, j'ai besoin

d'espérance et d'appui. Vous, dites qu'on peut
abandonner, pour une autre, l'épouse choisie
d'abord, et simplement peut-être parce que les
années auront ridé son visage et blanchi ses cheveux ; moi, qui ne comprends l'union sainte du
mariage, qu'indissoluble et brisée seulement par
la mort, je rejette de toute la force de mon indi_
gnation, la pensée de telles doctrines, avilissantes
au point de vue du cœur et de l'honneur. Vous le
voyez donc bien, monsieur, nos idées et nos âmes
ne tarderaient pas à se heurter ; vous et moi
serions malheureux.

Dès les premiers mots de Suzanne le jeune
homme fit un mouvement qui semblait une pro-
testation ; mais ce qu'elle avait commencé, elle
voulait l'achever. Sa voix tremblante d'abord,
s'assura vite, et ce fut sans la moindre faiblesse,
qu'elle prononça cette espèce de profession de foi,
si opposée aux principes émis par Henri, lors de
sa dernière visite au Châlet.

Pendant que Suzanne parlait, tout un monde
de souvenirs se dressait impitoyablement dans la
pensée du jeune homme. Il revoyait Paris incendié ; les temples profanés ; sa mère et ses sœurs en
larmes. Il se rappelait son départ de France ; ses

tristesses après, puis les jours durant lesquels la
fièvre d'autrefois s'était éveillée plus intense
encore, et avait marqué comme d'un fer rouge et
flétrissant, les heures qu'aurait dû sanctifier son
amour pour Suzanne.

C'était bien à tout ce passé, à tout ce présent,
que la jeune fille opposait ses principes et sa foi :
il n'en pouvait douter. Intelligence supérieure,
nature fortement trempée, Suzanne venait de révéler ce qu'elle était, c'est-à-dire bien noble et
bien imposante dans sa simplicité native.

Aussi, Henri se fit-il tout petit devant cet enfant si grande. Il eut d'adorables paroles pour
peindre ses regrets et demander pardon ; mais si
Suzanne laissa deviner combien en son cœur, il y
avait d'indulgence, son dernier geste, en s'éloignant, fut un adieu.

Longtemps après, le jeune homme resta penché
sur la pierre du tombeau de Madeleine, les yeux
fixés sur l'endroit où avait disparu la vision charmante, qu'il ne devait sans doute point revoir,
cette belle Suzanne que vraiment il aimait.

XXV

— Mais, est-ce possible?

— Très possible, nous sommes l'un et l'autre bien vivants et bien éveillés, tu en peux croire tes yeux et tes oreilles.

— Il faut que je m'assure...

— Si je ne suis point en carton ?

— Non, si je ne rêve point.

Le dialogue précédent avait lieu dans la salle de l'auberge du Bois-Touffu, au moment où Henri, encore tout émotionné de la scène du cimetière, rentrait se reposer.

Le jeune homme traversait l'appartement la tête basse et n'avait pas aperçu un individu qui s'était levé à son approche, en tortillant son épaisse moustache grise, de cette façon particulière aux vieux soldats, alors qu'ils cherchent à dissimuler une larme prête à s'échapper, et Henri allait monter l'escalier, quand il sentit une main s'appuyer sur son épaule. A la clarté d'une lampe fumante, appliquée contre la muraille, il reconnut, en se retournant, le capitaine Vincent.

Lorsque la première heure d'étonnement fut

13.

passée, et que, entièrement à la joie de revoir
le vieil ami qui avait donné à sa famille tant de
preuves d'affection, et au bonheur d'entendre
parler des siens, le jeune homme eut épuisé toutes
les questions au sujet de ceux qu'il aimait, arriva
alors le moment de la réflexion.

— Mais, capitaine, comment se fait-il donc que
vous soyez ici ?

— Je viens exprès pour toi, parbleu! tu ne
m'en crois donc pas capable?

— Je vous crois capable de tout ce qui est dévouement et bonté.

— Eh bien! alors ?

— Par ce temps d'hiver, vraiment bien pénible
en Suisse, il y a double mérite à visiter un proscrit. Pourvu que vous ne souffriez pas trop de ce
long voyage !

— Il ne fait pas chaud, mais bast.

— Savez-vous, capitaine, combien doit encore
durer mon exil? demanda le jeune homme avec un
peu d'hésitation et un certain tremblement dans
la voix. J'ai la nostalgie du pays et de la famille.

— Ah! voici la grande question : les uns disent
que tu es indigne de revenir, mauvais sujet, qui
as failli faire mourir ta mère de chagrin et dont

les folies ont rendu si malheureuses tes gentilles sœurs ; les autres prétendent que tu peux rentrer en France demain.

— Demain ! s'écria le pauvre garçon, se levant comme poussé par une force électrique, demain, il me serait permis de les embrasser mes chères victimes ! Oh ! mais c'est trop de bonheur !

Et Henri, étourdi par une joie sur laquelle il comptait si peu, arpentait sa petite chambre, pressant son front entre ses mains, absolument comme un insensé qu'on vient de renfermer.

Le capitaine Vincent respecta assez longtemps cette promenade ; mais il arriva un moment où elle finit par le lasser, et avec une brusquerie toute soldatesque :

— As-tu bientôt l'intention de t'arrêter, dit-il, et de nous faire donner à dîner ? Le maigre repas que j'ai pris ce matin à Lucerne est déjà loin.

— Pardon, pardon, mon vieil ami, s'écria le jeune homme, en suspendant immédiatement sa marche ; vous avez raison, je ne suis qu'un affreux égoïste.

Puis il appela l'aubergiste qui monta aussitôt, son bonnet de laine à la main.

— Qu'avez-vous à nous servir, demanda Henri ?

— Un potage à la mode de France ; des carpes dorées qui sortent du lac ; un fin perdreau qu'on plume en ce moment et du jambon parfait.

Ce menu débité comme une leçon apprise par cœur, prouvait surabondamment que l'hôte du Bois-Touffu, s'attendant à la question, en avait étudié la réponse posté devant son garde-manger.

Le capitaine Vincent trouva la carte bonne, l'accepta, et peu de temps après dans la petite chambre d'Henri, gaiement éclairée et chauffée à point, les deux hommes, stimulés par le bonheur et par l'action des vins généreux, dont les perles de rubis couraient au bord des verres, faisaient mille projets relatifs à ce retour tant souhaité d'un côté, tant désiré de l'autre.

Cependant, sur le front d'Henri, d'instant en instant, une ombre passait comme un nuage voilant les rayons resplendissants du soleil. Il essayait bien de la chasser, cette ombre importune, en se versant l'ivresse avec le vin, mais il buvait le vin et laissait l'ivresse. Le jeune homme compta sur la fumée du cirage ; la fumée ne put rien et chacun de ses sourires s'achevait par un soupir.

Son vieil ami finit par s'apercevoir que toute grande que fût la satisfaction du jeune homme,

elle n'était point parfaite et s'en attrista. Supposant alors, que l'aveu qu'il venait de lui faire au
sujet de sa fuite de France, fuite, dont lui capitaine Vincent, avait été le seul instigateur et qui
se trouvait inutile, puisque Henri ne figurait
point sur la liste des fédérés, ainsi qu'on le pré-
tendait au moment où Paris fumait encore ; il
supposait donc que le voile de tristesse répandu
sur cette joie, pouvait naître à la pensée d'un exil
par le fait bien regrettable. Le vieillard s'en émut
et tendant la main à Henri :

— Pardonne ma sollicitude maladroite, murmura-t-il, va, mon garçon, je te jure que j'ai
souffert plus que toi.

Mais le jeune homme ne comprenait point et
son regard étonné le dit aussitôt.

— Que diable ! si tu ne pleures pas les longs six
mois passés sur cette terre privilégiée des touristes, pourquoi ce tremblement dans ta voix, et
ce regard morne qui se mêle aux éclairs de tes
yeux. Tout à l'heure tu m'attristais, maintenant tu m'effraies.

— Il n'est pas de félicité parfaite. Ne faut-il pas
des jours sombres pour nous faire trouver le ciel
plus beau ?

— Bon, nous voilà lancé dans la poésie, alors, je te vois bien malade, mon pauvre Henri.

— Ne riez pas, capitaine, c'est plus grave que vous ne le pensez.

— Rire! Dieu m'en garde!... ah! j'y suis, reprit au bout d'un instant le vieillard, en avalant tout d'un trait un verre d'excellent vin de Lunel, qu'il avait apporté de France pour fêter la bonne nouvelle dont il était porteur, et en clignant un œil du côté du jeune homme il se prit à dire :

— Quelque gracieuse Suissesse courant les montagnes, ou se mirant dans les cascades, se sera bien gentiment logée dans un coin de ton cœur? Connu... N'avons-nous pas passé par là? Mais crois-en mon expérience, ce sont petits chagrins qui s'oublient vite; et puis, ne vas-tu pas retrouver à Paris une foule de frais minois, et ceux-là te charmeront davantage encore?

— Capitaine, capitaine, ne blasphémez pas, s'écrie tout à coup Henri avec l'accent de la prière. Oui, vous l'avez deviné, une femme traverse ma vie; mais cette femme, elle est unique et sainte.

— Ne sont-elles pas toutes uniques et saintes, mon cher, pour peu qu'elles nous semblent belles

et se fassent avares de leurs grâces. Le fruit dé-
fendu nous paraît toujours le meilleur, c'est con-
venu.

— Vous ne comprenez pas, capitaine...

— Non, je suis un imbécile.

— Oh ! ne vous fâchez pas, mon bon vieil ami,
je vais tout vous dire.

— Mais ton histoire, mon pauvre garçon, je la
connais par avance... Tiens, bois plutôt un verre
de kirsch, et crois-moi, ne pense plus à cette jolie
cruelle qui ne vaut sans doute pas tout le chagrin
qu'elle te cause.

— Suzanne !... Si vous la connaissiez vous ne
plaisanteriez pas ainsi !

Alors les sentiments d'Henri, si longtemps contenus, puisqu'il n'en avait rien écrit à personne
éclatèrent, firent irruption comme un volcan. Il
parla de la jeune fille comme on parle d'une
femme vraiment aimée, raconta au capitaine jusqu'aux moindres détails cette phase de son existence, qui devait marquer sa vie d'un trait de
flamme, dit comment il avait joué avec son
bonheur, s'accusa, se maudit, et enfin ne cessa de
parler qu'à bout d'émotion et de fatigue.

Ce récit ne trouva pas le vieillard incrédule. Il

demeura bien longtemps absorbé, ne répondant que par monosyllabes aux phrases entrecoupées que, de temps en temps, le jeune homme lui adressait. Le capitaine trouvait Henri réellement malheureux.

La nuit était bien avancée quand on se sépara. Le capitaine, ayant grand besoin de repos, n'attendit pas longtemps le sommeil, et dormait bien profondément quand, vers le matin, la domestique de l'auberge frappa à sa porte un de ces coups qui réveillent toujours.

— Qu'y a-t-il? demanda le vieillard tout étourdi et ayant à peine conscience du lieu où il se trouvait.

— Venez vite, monsieur, votre ami est malade; mon maître en l'entendant crier, s'est levé pour aller à lui ; mais le pauvre jeune homme est pris de fièvre et ne nous reconnaît pas.

En un instant le capitaine fut debout, et deux minutes plus tard près d'Henri, qui en effet délirait. Quelques heures avaient suffi pour déterminer une de ces terribles crises baptisées de différents noms, mais qui ont une grande analogie avec la fièvre cérébrale.

Le docteur Fritz désigné par l'aubergiste qui

l'avait vu venir chez le jeune homme, le lendemain de la *lavange*, fut mandé aussitôt, et arriva
en grande hâte.

Il trouva Henri bien gravement atteint, ne le
cacha point au vieillard, et déclara que cette crise
ayant son point de départ dans le cerveau n'avait
pu être occasionnée que par une très vive et très
pénible émotion.

Le capitaine fut attéré. Sous l'impression du
moment, il crut devoir mettre le docteur au courant de ce qu'il savait, relativement au chagrin
du malade, persuadé que la cause réelle une fois
connue il serait plus facile d'en conjurer les
effets.

Dans cette chambre d'auberge où la sollicitude
du vieillard et le bon vouloir de l'aubergiste
avaient réuni tout le confort que pouvaient offrir
les ressources locales, les heures passaient lentes
et tristes, avec des alternatives d'angoisses et d'espérances. Le docteur Fritz, en souvenir du fils
qu'il pleurait encore, s'était pris pour Henri d'une
affection toute paternelle, et le soignait non seulement avec son talent, mais encore avec son
cœur. Comme une mère penchée sur le berceau
de son enfant mourant, il épiait chacune des va-

riations de la fièvre, se réjouissant au moindre éclair de mieux, redoublant d'attention, lorsqu'il constatait que le mal progressait.

Enfin, par un beau matin que la nature semblait s'être mise en fête, le docteur crut pouvoir dire : Nous le sauverons.

Le digne capitaine Vincent, que les fatigues et les craintes avaient bien affaissé, se redressa alors de toute sa taille, semblant rejeter dix années de sur ses épaules. Il pleura de joie, le bon vieillard, et ses larmes tombèrent sur les mains du docteur qu'il serrait à les briser.

Peu à peu la fièvre s'étant apaisée, la connaissance revint au malade. Il se rappela, vaguement d'abord ; puis, à mesure que les forces augmentèrent, à mesure tous les souvenirs se représentèrent à sa pensée, et lorsqu'il essayait ses pas chancelants appuyé sur le bras du capitaine, Henri se plaisait à répéter certains détails de sa vie de France, alors qu'il était au milieu des siens, parlant tour à tour de celles qui lui étaient si chères... Mais de Suzanne, pas un mot.

XXVI

Avril venait de reparaître, et avec lui, l'admirable verdure des bois, sur laquelle tranchait la blancheur des neiges.

Le soleil n'ayant pas assez de force pour conjurer la froidure. ses rayons semblaient glacés. La belle saison, à proprement parler, arrive tard, en Suisse.

Néanmoins, le convalescent bien enveloppé d'un énorme manteau fourré, bravait l'air du matin. Il reconduisit jusqu'à la route de Lucerne, le docteur Fritz, qui de temps à autre, s'échappait pour venir voir comment allaient le capitaine et son cher malade, puis passer un instant entre ces deux hommes, pour lesquels il avait réellement de la sympathie.

Pour la première fois, ce jour-là, le docteur parla des dames du châlet.

A ces mots une espèce de mouvement fiévreux s'empara du jeune homme. Il fut obligé de s'appuyer contre un arbre.

— Vous l'aimez donc bien, mon pauvre enfant,

dit le docteur faisant passer sous les narines d'Henri un flacon de sels anglais?

— Si vous saviez !...

— Mais vous avez été fort imprudent de vous attacher ainsi à un rêve, sans vous demander par avance : Pourra-t-il se réaliser ?

— Il est des sentiments qui sont nos maîtres, poursuivit le jeune homme en reprenant sa marche arrêtée un instant par la faiblesse.

— D'accord, cependant, avouez qu'il était bien osé à vous d'espérer que la mère de cette belle et riche fille, consentirait à donner l'enfant élevée avec tant de soin et tant d'amour à un homme qu'elle ne connaît que comme proscrit! Comment pouviez-vous penser aussi que l'austère Suzanne, accepterait de partager votre vie, vous qui ne partagez pas ses croyances et ses convictions?

— Toujours la même chose, gémit Henri que la pensée de ses erreurs rendait bien malheureux. Oh! docteur, si vous pouviez vous douter seulement de ce que j'ai souffert, vous ne me rappelleriez pas de telles tristesses.

— Croyez-vous, mon enfant, que je n'ai pas tout compris, tout deviné.

Pendant quelques minutes, les deux hommes

marchèrent en silence. Ce fut M. Fritz qui le rompit.

— Quand faudra-t-il que je signe votre feuille de route?

— Aussitôt que possible; j'ai soif de les embrasser, ces chères saintes de France... mais je laisserai ici mon cœur, ajouta-t-il tout bas.

— Est-ce que vous comptez partir sans aller au châlet?

— Revoir Suzanne, puis la quitter? Y pensez-vous, docteur ?

— J'y pense si bien que je trouverais très regrettable votre abstention... Ces dames ont pris grand intérêt à votre santé.

— Elles savent donc?... Je ne me sens pas le courage de retourner sous ce toit béni, que j'ai presque profané en opposant à une bienveillance sans bornes, une manière d'être impossible. On n'est pas plus coupable, ni plus malheureux que moi.

— Aussi je comprends bien qu'il vous serait difficile de faire cette visite seul. Le capitaine pourrait vous accompagner à moins que ce ne soit votre mère.

— Ma mère !... ma mère... Pourquoi dites-vous

cela, docteur, demanda Henri, comme frappé d'une idée subite, et saisissant le bras de M. Fritz.

— Pourquoi ? parce que demain elle sera ici...

— Demain ici... Comment le savez-vous ?... expliquez vite, supplia le jeune homme, devenu encore une fois tout tremblant... Le capitaine s'en doute-t-il !

— Je lui ai dit la chose, en deux mots au moment où, tout occupé de votre toilette, vous vous apprêtiez à m'accompagner.

— Et c'est demain qu'elle arrive, cette pauvre mère qui, malgré mes erreurs et mes fautes, n'a jamais eu que des bénédictions à m'envoyer.

— Oui, probablement, par le train du soir. Elle sera bien fatiguée.

En disant ces mots, M. Fritz s'arrêta. On était à la route.

— Je suis bien ému, docteur, dit le jeune homme en se séparant de son nouvel ami, les jambes me manquent, je ne vais pas plus loin.

— Au revoir, mon cher enfant, courage ..

Le lendemain, en effet, Mme Olivier entrait en gare à Lucerne.

Son fils et le capitaine Vincent l'accueillirent, le premier avec de longs baisers et bien des larmes ; le second avec cette cordialité qui vient du cœur.

Pendant les premiers moments, aucune parole ne fut échangée. On se livrait, de part et d'autre, à une contemplation muette, disant bien davantage que tous les plus grands mots du monde.

Henri, mille fois heureux, mais triste et confus, regardait sa mère dont les cheveux, encore noirs lorsqu'il avait quitté Paris, étaient en quelques mois devenus gris, et dont la santé paraissait fort chancelante.

Mme Olivier couvait de ses yeux pleins d'amour ce fils bien coupable, néanmoins toujours chéri, et le trouvait pâle, changé : sa figure amaigrie montrait les ravages de la maladie, les traces palpables de la pensée. Mère, elle lisait comme dans un livre sur les traits altérés de son enfant, ce qu'il avait enduré de souffrances physiques ; femme, elle comptait les sillons creusés par un sentiment qu'elle aurait deviné quand bien même le capitaine ne le lui aurait pas laissé pressentir.

— Henri, mon fils, confie-moi tout, tout ce qu'il y a de douleur en ton âme ; je veux tout savoir, n'en ai-je pas acquis le droit en pardonnant ? dit Mme Olivier, une fois que seule avec Henri, dans le petit salon d'un hôtel dont les fenêtres donnaient sur le lac de Lucerne, la mère bien éprouvée regardait longuement son enfant agenouillé à ses pieds...

— Mais, que peux-tu à mes peines, chère sainte, puisque le Dieu que tu pries et qu'*elle* adore, a jeté dans ma vie sa ravissante image, comme un éternel supplice de Tantale? Oui, je l'aime cette belle fille! Elle a de Berthe la taille charmante, d'Hélène, le regard profond, et de toi, mère, le noble cœur et la foi d'ange! Oui, je l'aime avec sa douce voix qui chante, ses airs de reine et ses sourires d'enfant! Cependant, encore une fois, que peux-tu pour moi? J'ai joué avec ma félicité, comme le profanateur avec les vases de l'autel, et je suis coupable..., mais aussi, combien je suis malheureux!

Lorsque cette effervescence fut un peu calmée, et qu'avec cette admirable patience maternelle qui finit par tout deviner et tout comprendre, Mme Olivier eut été au courant des chagrins et des torts de son fils; lorsque, suivant mot à mot le récit de la scène du cimetière, elle fut bien convaincue du sentiment qui avait inspiré à Suzanne cet acte condamnable dans la forme,

sublime dans le fond, elle résolut en son cœur
d'aller rendre visite au chalet; mais, contraire-
ment à l'avis du docteur, d'y aller sans Henri.

Non pas qu'elle eût un seul instant l'intention
d'entamer quoi que ce fût (les positions respectives
rendaient impossible la moindre tentative); mais
là où, son fils avait été accueilli comme un enfant,
comme un frère, comme un ami, là où en une
heure d'aberration, il avait oublié le respect qu'il
devait au toit hospitalier, qui pourtant lui était
devenu cher, ne fallait-il pas porter, avec sa reconnaissance, les regrets de son âme brisée ? Qui,
alors, mieux que la mère de cet enfant, plutôt
abusé que coupable, aurait aux lèvres des paroles
appelant le pardon.

Aussi, Mme Olivier fut-elle reçue comme un
hôte habitué à ce foyer du chalet, quand elle vint
y apporter les témoignages du sa gratitude et
laisser deviner combien grande avait été la douleur d'Henri, lorsque la raison, succédant à un
instant de délire, il s'était lui-même appelé au
prétoire, et s'était condamné.

Assise entre ces trois femmes si différentes
d'allures et d'âge, mais si unies de sentiments,
Mme Olivier se trouva à l'aise dans ce milieu

charmant qui continuait son œuvre d'hospitalité,
en accueillant la mère comme il avait accueilli
l'enfant ; et quand vint le moment des adieux,
Mmes Eliçagaray et Will tendirent leurs deux
mains à cette amie d'une heure, dont elles avaient
su apprécier de suite la nature parfaite, tandis
que Suzanne, poussée par une force invincible,
les paupières baissées roulant des larmes et lançant des éclairs, vint appuyer son front brûlant
sur les lèvres pâles de la mère d'Henri.

Deux jours après, Mme Olivier arrachait son
fils à ces lieux, devenus pour lui plus chers que
la patrie.

Depuis sa visite au chalet, elle comprenait davantage encore combien il fallait se hâter d'éloigner Henri de cette belle et séduisante fille, qui
avait failli déjà le tuer.

Le capitaine Vincent, sous prétexte d'assister à
la Diète, demeura pour quelque temps encore à
Lucerne.

Et comme Henri avait dit en franchissant la
frontière le jour où il fuyait sa patrie « adieu
France », lorsqu'il quitta le sol de la Suisse, il se
retourna, et, saluant la terre d'exil : « Adieu
Suzanne, » murmura-t-il...

Le jeune homme rentrait à Paris la tête haute. Il lui semblait que sa douleur et son sacrifice suffisaient pour expier un passé que les larmes de sa mère et celles de ses sœurs devaient, selon lui, avoir déjà purifié.

Comme un écolier longtemps paresseux et nouvellement converti, il se remit au travail avec grande énergie, ne donnant à la politique ni une pensée ni un mot, évitant et le contact de ses amis d'alors et la vue des ruines, regrettables trophées d'une époque malheureuse dont la place est marquée dans l'histoire par une traînée de sang. Il redoutait les hommes et les choses lui rappelant les jours d'erreur qui pesaient sur sa jeunesse et sur l'existence de tous les siens.

Reprenant la vie laborieuse qu'il avait abandonnée en une heure de folie, Henri passait son temps à feuilleter les ouvrages de nos grands jurisconsultes, et seul, aux prises avec cette science aride des lois, science si nécessaire à celui qui veut porter consciencieusement la robe de l'avocat, il essayait d'oublier.

Peine inutile ; la jeune fille régnait en souveraine dans son esprit et dans son cœur ; et si ses travaux n'étaient pas entravés par cette pensée unique, c'est que, de loin, le souvenir de Suzanne exerçait encore son empire, et l'exemple qu'elle lui avait donné : l'accomplissement du devoir semblait un ordre auquel il obéissait.

Jamais Mme Olivier ne parlait à son fils de la Suisse. C'est à peine si, au nom de Vincent, on ajoutait quelques mots de plus que ce qui était relatif à sa santé, dont il donnait assez souvent des nouvelles. Le séjour prolongé du vieux soldat dans un pays où il n'avait pas d'attache, ne paraissait en aucune façon étonner Henri.

Et pourtant, tous ces cœurs dévoués qui aimaient sa nature, charmante malgré tout, ne pensaient qu'à lui. Le capitaine se souciait d'autre chose que de la Diète.

ÉPILOGUE

C'était par une matinée des premiers jours du mois d'octobre. Les reflets mobiles d'un soleil aux teintes bronzées se jouaient sur les édifices et sur les maisons, attachant aux toits les plus élevés ces paillettes de feu bruni qui donnent tant de chaleur aux tons mourants de l'automne.

Devant la porte de Notre-Dame de Clignancourt, les pauvres se pressaient nombreux ; aux fenêtres environnantes, se montraient des têtes de femmes à l'expression pleine de curiosité ; dans l'intérieur de l'église, on entendait de temps en temps l'orgue se préparer à chanter, et le petit cri de ralliement que poussaient les hirondelles cachées dans les fentes du clocher semblaient répondre à ces notes langoureuses et suaves de l'instrument.

A un moment donné, les indigents qui attendaient, massés en face à l'entrée principale, s'écartèrent pour laisser approcher une longue suite de voitures, desquelles descendit une assemblée élégante et nombreuse, qui bientôt fit cortège à une belle jeune fille vêtue de blanc, portant, comme une reine eût porté un diadème, la couronne des vierges.

Grande, mince et pâle d'émotion sous son bandeau de fleurs, Suzanne, car c'était elle, gravit, avec une majesté pleine de grâce, les degrés du sanctuaire et après avoir regardé l'autel resplendissant de fleurs, et cherché la croix à travers la flamme des cierges, y attacha, durant quelques secondes, son regard ; puis, tournant ses yeux chargés de tendresse vers celui qui devant Dieu allait devenir son époux et son maître :

— Henri, dit-elle, dans un instant le Seigneur se penchera du ciel sur la terre pour recevoir nos serments ; ces serments-là, mon ami, vous ne les oublierez jamais, n'est-ce pas ?

Le jeune homme s'inclina sous cette parole d'ange, qui lui rappelait un passé qu'il aurait voulu effacer, et répéta ce mot : Jamais ! Dieu et Suzanne l'entendirent.

Les prêtres entrèrent aussitôt. A leurs prières ne tarda pas à se mêler la mélodieuse musique de l'orgue et des voix d'enfants habilement dirigées.

Véritable concert sacré, la bénédiction nuptiale s'acheva dans le recueillement le plus solennel, et tandis que la foule émue défilait le long de l'église, parée comme en un jour de fête, à bien des lieues de là, agenouillée entre deux tombeaux, sur lesquels venait tourbillonner la neige des montagnes, une noble femme priait pour les époux.

. . . .

— Et croyez-vous, docteur, que nous avons fait une mauvaise action en mariant ces deux amours-là ? dit le capitaine Vincent à M. Fritz, remontant en voiture après la cérémonie.

— Je crois, au contraire, que tout est pour le mieux. Il y a bien cette question de distance qui nécessitera de fréquents voyages, car tous les intérêts de Mme Will sont en Amérique.

— Question très secondaire, maintenant ; avec les transatlantiques, ce n'est plus qu'une affaire de jours et d'argent. Les jours, ils sont jeunes, et cela comptera à peine dans leur vie. Quant à l'argent, ils en ont.

La voiture ne tarda pas à s'arrêter, et dans ce même appartement où quelques mois auparavant toute une famille en pleurs attendait le retour de l'enfant prodigue, deux mères heureuses couvaient du regard le couple charmant dont l'Église venait de bénir le mariage, tandis qu'Hélène et Berthe, les délicieuses filles, s'en allaient empressées et rieuses porter de l'un à l'autre des fleurs et des baisers.

— Es-tu toujours partisan du divorce ? demanda à voix basse le capitaine Vincent, s'approchant d'Henri qui, sous l'empire d'une indéfinissable impression de bonheur, avait peine à contenir la joie dont débordait son âme.

— Oh ! par pitié, mon vieil ami, oubliez que j'ai été fou. ....

FIN

SAINT-QUENTIN. — IMPRIMERIE JULES MOUREAU.

www.ingramcontent.com/pod-product-compliance
Lightning Source LLC
Chambersburg PA
CBHW070451030726
47503CB00004B/990